COLLECTION FOLIO

Pierric Bailly

Polichinelle

P.O.L

Pierric Bailly est né le 14 août 1982 à Champagnole dans le Jura.

Je suis très très chaude, nous crache Missy Elliott du poste de Johannes.

Je suis une tache d'huile dans un gobelet de Volvic. Demain je serai une tulipe dans un godet en bronze de gin tonic.

Missy éclabousse. Un bain de mousse, une cambrousse de coton. Je flotte, je bronze. Son chant bouillant. Asperge-moi de décapant et je me gratte, et Jules rapplique, gare son bourricot sur le ciment. Viens, c'est là, rentre dans le club. L'abribus protégé des buses. Laura dirait Castoche. Les tuiles dégringolent, fastoche. Le beat est gogol, naïf, en plastoc. Lâche-moi la grappe, je vais me noyer grave, des basses sourdes, je glougloute en apnée, elle m'a encore eu. Je bois la tasse, je ne capte plus rien à ce qui se passe. Je ne sais pas qui est là, où on est, je ne me sens même pas mal. J'ai les orifices qui s'avalent, à la place des yeux deux nouvelles oreilles qui s'installent, une citrouille dolby digital.

Diane et moi on habite un coin de Clairvaux, comme un village dans le village. Une place et une fontaine et cet abribus. C'est plus une cabane qu'un abribus comme on se les imagine en béton armé ou en tôle. Il est en bois et le toit est en tuiles. Il a un banc, pareil, en bois, un banc de parc.

Laura et Diane s'échauffent pour un footing. Laura deux trois fois par semaine se tape un footing. Aujourd'hui Diane accepte de l'accompagner. Elle veut essayer. Elle dit au bahut je grimpe trois étages, j'arrive je suis décapitée, je sens ma gorge qui râpe, t'sais. Jules dit moi j'ai des bronchites chroniques, le matin je molarde de méchantes glaires. Et tu crois quoi, moi, lui jette Johannes, puis il se soulève le tee-shirt et s'agrippe le gras. Tu vas pas dire que t'es obèse, s'excite Charlotte. Il me dit qu'il est obèse, putain il m'agace. Si lui il est obèse moi je suis quoi, fait Laura. Jules se sent visé.

Laura aussi n'est pas fine comme Diane ou Charlotte. Sauf que Laura c'est tout du muscle. Et Laura elle en a dans le soutif, alors que Charlotte c'est une planche à pain.

En plus une grande perche, elle mesure un mètre quatre-vingt-deux, Charlotte.

Johannes, non, faut pas se foutre du monde. Okay, il gonfle la bedaine, ça donne un ballon, et c'est la bière il dit, et c'est vrai, mais de là à se prétendre obèse. Jules dans ce cas-là c'est une baleine. Bah ouais, pouffe Johannes. T'es une baleine. Jules t'es un cachalot.

Ça chauffe et on prend tous la défense de Jules. T'es le Groënland à toi tout seul. On se précipite à sa rescousse le pauvre Jules. Jules, non, Johannes il déconne. Johannes s'excuse, en plus t'es pas gros, t'es juste déformé du bidon.

Jules il a un cul à la place du ventre. Comme deux pastèques et c'est bizarre, et c'est Tchernobyl.

— Nous on a des bornes à croquer, lance Laura à Diane. T'es prête ?

Laura elle court pieds nus, en caleçon ras la chatte, shorty on appelle ça, et une ceinture avec deux poches, une ronde prévue pour la gourde et une poche à fermeture scratch où elle met le flingue et des barres énergétiques.

Je suis en fac à Besançon, notre académie. On l'appelle Besac. Capitale de la région Franche-Comté et de l'horlogerie. Je passe en licence, j'ai repiqué une année. Je sortais avec Delphine. Ça a duré vingt et un mois. Je séchais tout et les TP faut y être assidu sinon ils nous refusent aux examens.

C'est pas mon truc les études.

J'y retourne une semaine, un dernier partiel, ménage dans la chambre et du bordel à récupérer chez Delphine. Le jeudi soir il y a une fête chez des blaireaux qui arrosent la fin de l'année. J'y vais avec de la musique vu que je flaire la daube et ça ne rate pas et je suis fin cuit à deux heures, marre de leur vieille soupe, j'envoie mon son et ils se mettent tous à hurler oh mes oreilles... non pas ça... tout sauf du rap... je me lève et je les imite, leurs gueules de merde avec les mains sur les feuilles et des grimaces de teuteuille et je dis pareil, oh non pas du rap, et je violerais bien Juliette mais son mec c'est Armand et c'est un costaud, je me barre, je reviens, je saute sur Juliette et Armand me chope à la tignasse.

C'est pas mon truc les étudiants.

Je déboule dans la chambre de Diane, par terre on dirait de la bave de chat, ou du sperme, une flaque, je sautille jusqu'au tabouret tourniquet et j'entends la porte de la salle de bains claquer, elle entre avec du coton au bout des doigts et du noir autour des yeux, elle me dit je perds mes cils. Elle sautille jusqu'au lit, se grille une clope, ouvre son Velux, ramasse une bouteille de Volvic cinquante centilitres. Je lui passe le cendrier qu'est sur le bureau, me tape deux tours de tabouret tourniquet et elle me dit recommence on dirait un diablotin qui sort de sa boîte. Elle me soûle. Elle est moche sans ses cils.

— Alors ça y est, monsieur est en vacances.

Diane est en seconde au lycée Jean-Michel de Lons-le-Saunier préfecture du Jura. On habite Clairvaux-les-Lacs, vingt-quatre kilomètres de Lons-le-Saunier. Le matin elle prend le bus pour aller au lycée à Lons. Le bus est jaune. Le chauffeur du bus s'appelle Damien.

Diane c'est ma sœur.

Elle revient de la salle de bains la gueule nette, les cils ont repoussé. Elle me dit hier j'avais baby-sitting chez le patron de la scierie Martine, j'ai dévalisé leurs placards de bouffe.

— T'es prête ?

— Ils avaient du coulis de framboise...

Hop dans l'AX, on file chez Jules.

Jules, son grand-père est producteur de mousseux. On y ajoute du sirop de citron. À minuit Diane n'a plus que sa culotte, imite sa prof d'histoire quand elle leur souhaite bon week-end avec sa voix de pince à linge, saute dans la piscine et nous envoie de grosses brassées de flotte à moi et Johannes assis chacun sur un transat au bord du bassin.

C'est la piscine de Narbé, le voisin de Jules.

Narbé est parti en République dominicaine et a chargé Jules de venir donner les croquettes à son chat Minette.

Johannes change le disque dans son poste. Johannes se trimballe toujours un poste. Et il a un trou à l'épaule et s'en sert d'étagère pour son poste.

Johannes il est à fond de rap, ricain, du lourd, du qui te décapsule le trou du cul.

Johannes c'est le bermuda Champion avec le maillot de Kobe Bryant et la casquette US Brooklyn sur un bandana. Il ne joue pas au basket en club mais on pourrait croire. Ensemble on taquine de temps en temps chez Jules sur le panier Power Dunk fixé au-dessus de la porte du garage et il nous ratatine tous, Johannes. Il y a de quoi s'imaginer qu'il joue en club tellement il épate. Limite qu'il est retenu en sélection du Jura.

Johannes il est déjà en vacances. Hier soir c'était son conseil de classe, pas de blème il passe en troisième.

Il sort avec Charlotte. Ça fait pile deux mois aujourd'hui.

Charlotte ce soir elle est bien torchée, elle est folle dingue de Johannes son poussin oh mon poussin viens avec moi dans la maison je veux te bécoter dans un coin de pièce, et ils s'arrachent en amoureux, Charlotte en chantant du Alain Souchon.

Jules espionne Johannes et Charlotte dans la cuisine. Diane se sèche dans le rideau en velours puis se rhabille.

Le parking crache du boucan, des crissements, à travers la vitre de la porte de la cuisine Johannes et Charlotte qui s'embrassent, qui s'en foutent alors que la fenêtre de la cuisine donne sur le parking, s'en foutent ça fait pile deux mois aujourd'hui, se caressent les fesses, rentrent une main dans la poche arrière du pantalon.

Ça tambourine à la porte et on reconnaît aux poings, c'est les barbares de Foncine.

Laura coupe le poste de Johannes sur la table du salon.

Trois molosses, dont le blond, il était au lycée avec moi, oh salut les babys, salut Lionel tu vas bien ? me jette le blond, Philip son prénom. Bon anniversaire, Lionel.

— C'est pas mon anniversaire.

— Je t'ai amené un cadeau, Lionel.

Une conserve de lentilles. Ouverte, pleine, avec une tulipe, juste la fleur, sans la tige, plantée dans les lentilles, et voici, monsieur connard ! cadeau d'anniversaire !

— Tu te crois drôle ? lui retourne Diane ma frangine.

Les deux barbares derrière Philip se fendent la gueule. Moi ça me dépasse. J'essaie de sourire. Enfin j'en ai marre, c'est toujours les mêmes conneries. Ils se font chier le soir alors ils viennent nous faire chier parce qu'il y a trop moyen de se payer nos figures de tulipe ça c'est sûr, c'est facile hein, eux ils pètent la forme, bonne santé, ils s'en tapent.

Ils sont pétés de fric, ils s'en tapent.

Ils portent tous un appareil dentaire.

Il y a deux ans ils avaient des dentitions de barbares classiques, avec des taches, des trous, des dents cassées, et il y a deux ans une de leurs grands-mères a gagné au Loto plusieurs millions d'euros, une super-cagnotte comme ils font pour les jours fériés et ils se sont tous fait retaper le bocal.

Il y a deux ans ils nous laissaient tranquilles, jusqu'à ce qu'ils deviennent ces espèces de barbares sophistiqués, barbares fashion je vous jure, avec des habits à la mode, par exemple le jean délavé pour faire style, tout pour faire style, le jean déjà troué, rapiécé, et puis les cheveux décolorés, juste quelques mèches, et puis du gel pour faire la crête et s'assurer de se tirer facile deux petites chattes rasées par soir.

Il y a deux ans c'étaient des bikers, comme Jules et Johannes ils bougeaient à scooter, ou à mobylette comme mon pote Arnaud le Padrino. Après le Loto ils se sont tous acheté des Golf noires.

Plus pratique pour se faire téter la nouille sur un parking de boîte de nuit.

Philip sort de la poche intérieure de sa veste une liasse de billets de cinquante euros.

— Vos livrets de Caisse d'Épargne, pas trop la misère ?

— Ça va, lâche Jules.

— Ah bah si ça va, se marre Philip en se retournant sur ses deux gorets qui font pareil, se marrent. Vous squattez chez le voisin, vous avez pas encore tout saccagé, ça va.

— Bah ouais, tu vois.

— Alors si ça va...

— Ça va, dit Jules.

J'aurais envie de relancer le disque dans le poste de Johannes et de continuer et pourquoi pas avec Philip et ses deux potes mais de retrouver cette ambiance de picole, de piscine, Johannes et Charlotte sortent enfin de la cuisine.

Tombent sur Philip avec ses lentilles, sa tulipe et Johannes éclate de rire, le traite de pédé l'autre avec sa conserve et sa fleur oh qu'est-ce qu'il fout là, encore, lui !

— Belle soirée, non ? répond Philip à Johannes. On va pas gâcher la soirée pour une tulipe, non ?

Il la retire de la conserve et lui arrache les pétales, Lionel je t'aime un peu, beaucoup, à la folie, pas du tout. Je ne t'aime pas du tout, Lionel. Après quoi il renverse la conserve de lentilles sur Johannes, sur sa casquette, et Johannes ne bouge pas. Les lentilles lui dégoulinent sur l'épaule gauche, Philip dépose la conserve vide sur son trou à l'épaule droite, le jus de lentille goutte sur le carrelage.

Les yeux de Diane triplent de volume et se mettent à baver leur glu, Jules son cul au ventre qui gonfle.

Johannes son épaule droite qui s'effondre alors Charlotte ses jambes yo-yo, qui s'allongent, rétrécissent, se rallongent, presque drôle tellement c'est grotesque, des haut bas haut bas, tout sauf élégant.

Johannes hurle à la mort, se met à rougir, le sang qui le brûle à l'intérieur, et la chemise explose et un champ de tulipes sur le dos. Ça recommence. Ça me rappelle l'école primaire quand je me faisais arnaquer aux billes. J'étais caractériel, je piquais la crise, et les tulipes qui perçaient.

Diane me saute dessus et se blottit et Philip et ses potes font style d'être effrayés et se barrent et braillent avec des voix qui partent en couille. Les deux voitures qui vrombissent, les phares, et des klaxons, ils doivent bien se marrer.

Johannes plié en deux puis s'allonge sur le canapé, sur le ventre bien sûr, ramasse un portable et il l'envoie valser et Jules se le prend dans la gueule. Jules s'approche de Johannes et lui arrache les tulipes du dos, le cogne au menton, et doit ravaler des genres de nausées, son ventre en cul qui lui écrase la cage. Le chat Minette se ramène et Jules le décalque d'une volée et le chat atterrit sur la table et trempe une patte dans un verre de mousseux et comme une balle se faufile entre les jambes et grimpe par les escaliers et Laura ne tente même pas de le rattraper. Laura elle observe depuis les escaliers, n'a jamais vécu le champ de tulipes. Laura elle est moins abîmée, juste ses pieds qui enflent, ses mains aussi, et elle mate ça, Jules qui continue d'arracher les tulipes de Johannes et elle me lâche des yeux globuleux, une figure soufflée, et même affolée quand Johannes se saisit d'un couteau sur la table et nous crie je veux me découper en mille morceaux, crie je vais me couper la main si c'est ça qu'ils veulent Philip et ses petits chiots, puis il chope une bouteille de mousseux et l'éclate sur le carrelage.

Charlotte le prend par les tulipes qui restent, le tire dans le jardin, enfin ils se démerdent en amoureux, un tour dans la piscine, tout ça, ils nous reviennent à peu près en bonne forme.

Jules avec une pelle et une balayette ramasse le plus gros de la bouteille en miettes.

Johannes sur une chaise à l'envers, le menton

qui repose sur la dernière barre du dossier, quelques larmes aux yeux.

Le chat redescend comme si c'était le matin, à l'aise, et Charlotte va le consoler. Et Diane dit alors, on le mange ce gâteau. Et on trinque, aux deux mois que Charlotte et Johannes sont ensemble, à l'anniversaire de Lionel, dit Johannes en rigolant.

Ce n'est pas mon anniversaire.

On finit par se poser devant les clips sur la six, nuit spéciale *nouvelle scène française*, rien que des connards avec des guitares sèches. Des types qui se sapent je m'en bats le slob de tout, je suis à l'aise dans mes godasses, voilà pourquoi je chante le temps qui passe et la musique du ruisseau qui jamais ne me lasse. Mes jolies mélodies sont comme des bonbons au citron, ou à la fraise, sans prétention je me présente à vous, c'est frais et puis ça apaise.

Ça rase grave. C'est tout de la daube. Et de la folie comment ils s'y croient. De temps en temps le visage de l'auteur-compositeur traverse le cadre au ralenti, nous exorbite ses yeux de lavette genre moi je suis un bon, un doux, je suis pas le premier des violents, gars, moi je suis un chanteur français.

Ah, le Jules, ce soir. C'est le festival Jules. Un peu rond. Je suis chaud comme la braise, il prévient. Et il se lance et il ne s'arrête plus. Chaud bouillant les potos. Et il nous pointe le détail de ouf sur la tête du gadjo comment qu'il voudrait nous faire gober que c'est un pur mec mais vise dans le coin de la tempe, ça se voit trop que c'est une autruche.

Vous le voyez le micro ? Même le micro on dirait que ça l'émoustille d'être filmé. C'est un benêt, ce micro.

Enfin c'est pas un pire benêt que Laurent Boyer.

Ça enchaîne avec une rediffusion de « Fréquenstar ».

Spéciale Alain Souchon, Charlotte explose de rire.

Et cette vieille quiche de Laurent Boyer qui dit un *grand monsieur.* Et Souchon il parle sur Bob Dylan, eh oui. Après quoi il nous présente son fiston, une tache avec des cheveux en chantier et un peu de barbe et ils s'assoient les deux sur des machines à laver dans une laverie à Paris à Belleville un quartier convivial propice aux rencontres dit ce benêt de Boyer, et ils se mettent à chanter et si seulement toutes les machines pouvaient se mettre à turbiner, les pauvres ils se sauveraient en courant, ils crieraient maman j'ai peur, maman j'ai peur, j'ai vu des méchants ils voulaient nous crever le cœur.

Elles ont bien fait de se retenir les machines à laver, c'est sûr *maman j'ai peur* il l'aurait noté, Souchon, il aurait téléphoné à son ami Voulzy, allô Laurent ? j'ai peur... non je blaguais Laurent. C'est toi, Alain ? Oui Laurent, dis, j'aurais besoin d'une jolie mélodie à la con signée Laurent Voulzy.

C'est ce que dit mon père. Il dit tu exagères, Lionel, Laurent Voulzy il compose de jolies mélodies.

À Shopi, Diane en minijupe et maillot de Thierry Henry à Arsenal, numéro 14. Parce que Diane est amoureuse du footballeur Thierry Henry. Un jour elle m'a même dit je veux devenir sélectionneur de l'équipe de France de foot, Thierry Henry je le mettrai toujours remplaçant, il restera assis à côté de moi sur le banc de touche et je lui caresserai la cuisse. Johannes bandana et casquette comme d'habitude mais encore plus parce qu'il a voulu se raser la boule avec l'épilateur de Charlotte. Jules qui tape la discute avec une dame et sa fille.

— On parle de ping-pong, dit Jules.

— Ça c'est pas vrai, le corrige la gamine. On lui demandait le rayon des biscuits apéro.

— Vu que je grignotais, me glisse Jules en s'approchant de la caisse des pastèques, et il y plonge la main, remonte une poignée de pistaches et s'en branle les coques des pistaches les jette sur le carrelage et les éclate d'un coup de talon et la gamine va minauder dans les bourrelets de sa mère. Et Jules capte, s'agenouille et embrasse les pieds de la gamine, fillette je m'excuse d'avoir volé ce sachet de pistaches, de l'avoir caché dans la caisse des pastèques, d'être un si gros sagouin, je n'ai plus faim je te jure, plus tard je balaierai je t'en fais la promesse.

Je les laisse, je vais dans les fromages, prends une boîte de Vache qui rit, je vais aux alcools et je retrouve la dame en rose qui détruit sa môme à cause d'un carnet, celui où il y avait noté la marque des lames de rasoir de papi, ah c'est toi espèce de voleuse et la môme dit non maman alors espèce de menteuse, si, et elle lui colle une tarte mais la fille ne pleure pas, et maman se rappelle le jeune homme tu sais Perrine il était louche, alors je les suis, elles retrouvent Jules, pas bougé lui, papote avec Diane et Johannes autour de la caisse des pastèques en picorant des pistaches, s'il vous plaît garçon un carnet noir, à spirale, mais Jules n'a rien vu, et les autres non plus, madame on vous jure, et garçon m'autorisez-vous à fouiller vos poches ? sort la mère en empoignant Jules par le tee-shirt, et comme une chatouille le Jules, il fait un pas de côté et lui marche sur le pied à la dame.

Je dépose Diane chez Jules. Qui se déplace à scooter, lui. Et je monte chez l'ami Zuile.

Qui a mon âge. On était au lycée ensemble. On se voit de temps en temps.

Il fume des joints, c'est ce genre de type.

Il a un anneau à l'oreille gauche.

On picole une bouteille de porto sur le rebord du trottoir puis on descend chez Jules. Eux ils sont clairs, en fait il est tôt, ils sont chez le voisin Narbé. Ils nettoient le salon, sortent les meubles, une vieille horloge, ils l'envoient dans la piscine, un fauteuil en cuir, dans la piscine, dans le jardin ils arrachent tout, les fleurs, les groseilliers, les pieds de tomates. Ils m'envoient me faire empailler. Il paraît que je pue. Reviens quand t'es mort, t'es lourd, gars. Diane me dit va te finir à la maison. Où je tire une bouteille de poire au paternel et on aligne cul sec sur cul sec et on se tambourine le cœur qu'on n'est pas des fiottes, nous.

J'ai le foie qui pèse deux tonnes, le reste du ventre un cratère, je suis le T 1000 dans *Terminator 2* et faudrait que je m'arrache de ce pieu, c'est pas gagné. Je me traîne jusqu'à la salle de bains, je note que j'ai l'œil gauche plus ouvert que le droit. Le néon m'attaque juste l'œil droit. Je m'éclabousse le museau et je suis habillé, oh j'ai dormi habillé.

Un bien plus gros pif que la veille.

Je me fais couler un bain, la tête sous l'eau je me rappelle on a pris les vélos cette nuit, je me suis fait agresser par un clébard et je lui répondais de la fermer, je vais te bouffer le museau sale Médor, j'aurais dû le bouffer.

Les femmes se font raboter le nez, Michael Jackson aussi. Mon nez n'arrête pas de grossir, je suis l'anti-canon.

Quatorze heures je mange en tête à tête avec papa Gustave. Il amène la casserole de lentilles vertes, agriculture biologique.

— Diane elle s'accroche, au lycée. Et elle a son baby-sitting. Diane c'est une battante.

— Oh, papa.
— Tu vas passer tout l'été...
— Oui.
— Je vais te dire, tu me fais du souci, Lionel.
— Oh.
— J'en parlais avec... je ne veux pas te dire avec qui. Je te trouve changé, Lionel. Avant le lycée tu étais toujours fourré chez des copains, il fallait t'emmener à droite à gauche. Lionel, tu es là, tu végètes. Mais à ton âge, mais tu serais mieux à faire de l'auto-stop, à courir les festivals.

J'ai le couteau qui frétille dans l'assiette. Je ne vois que cette salope de jambe qui martèle le carrelage, se détache du bassin, s'envole pour aller assommer le père Gustave, d'un coup de genou de folie.

— Je ne vois jamais que les copains de Diane...
— Hier soir j'étais chez Zuile.
— Oui, Zuile...

Ma caution sociale, Zuile. Je ne sais pas comment dire ça. Pour être accepté. Par la société, n'ayons pas peur du mot. Parce que traîner avec des moins de seize ans quand on en a vingt et un et demi c'est préoccupant, on peut se poser des questions sur l'équilibre mental du jeune homme. À cinquante ans c'est la classe de sortir avec une fille de vingt-cinq, à vingt et un ans c'est mal vu d'avoir des amis de quinze. Il est sans amis, sa sœur le trimballe comme un toutou, il a passé son enfance ici et il n'a pas été capable de créer de vrais liens d'amitié.

— Lionel, à ton âge, mais on a des projets, on a un groupe de musique, on joue de la guitare.

— T'avais qu'à m'inscrire à des cours de guitare.

— Tu étais joyeux. Je me rappelle, tu parlais tout le temps. Tu ne dis plus rien. C'est ça, tu végètes. En venant, j'ai croisé des jeunes, ils avaient ton âge...

— Des cons.

— Lionel.

— J'ai le droit, écoute. J'ai le droit de ne pas avoir envie de faire la tournée des festivals, comme tu dis. Et ça ne me manque pas. Je te rassure, je ne suis pas malheureux.

— Eh bien on dirait.

— Oh là là.

— C'est vraiment le lycée, je t'ai vu te renfermer... Avant, tu allais dans tous les sens.

— Arrête.

— Écoute, Lionel.

— Écoute... mais tu t'écoutes, toi ? Je suis un légume, depuis le lycée, gnagnagna. À Besac, tu crois que je fais quoi ? Tu crois que je passe mes soirées dans mon appart à bouquiner ? Je sors, tu sais. Si ça peut te rassurer, je vais boire des coups, et très souvent je reviens complètement rond. Tu veux que je te raconte ma vie ? Tu veux que je te détaille quand je rentre chez moi dans la nuit en marchant sur les genoux, en m'agrippant aux arbres, aux poubelles, aux feux rouges ?

— Tu ne me dis jamais rien.

— Tu voudrais quoi, que je te dise quoi... mais... t'es pas bien, mon gars. Parce que je ne te raconte pas mes nuits de picole, et mes nuits de baise, mes nuits et mes journées et tout, parce que tout ça, je suis un légume ?

— Tu ne bois pas trop d'alcool, quand même ?

— Oh là là.

— Tu n'es pas obligé de te ronger les ongles.

— Oh putain.

— Ni de m'insulter.

— Oh mon dieu.

— Il me semblait que tu ne croyais pas en dieu.

— Eh bien si, je crois en dieu.

— C'est nouveau ?

— Quais, c'est depuis le lycée. Tu comprends, maintenant.

— Tu es sérieux ?

— Mais non, je déconne. Oh là là.

On n'a pas l'AX, on est six pour trois scoots. On s'arrête à la droguerie et pendant que Jules achète trois pots de peinture de bâtiment, Johannes étire une canne à pêche et la cale sur le guidon, sur le compteur et tout. On traverse Clairvaux, Johannes en chevalier avec sa lance. Au feu rouge il stoppe et brandit la canne et zigouille les passants. On se ramasse quelques visages hébétés, c'est quoi ce bordel ! c'est qui ces cons !

Devant la terrasse du Rouget il s'arrête pour

ranger la canne et la repasse à Charlotte derrière lui. Le Rouget c'est notre bar et à notre table une bande de jeunes et Johannes leur fonce dessus et il pète sa Durit sur une casquette, toi la nunuche avec ta queue-de-cheval que tu fais ressortir par le trou à l'arrière de ta casquette on dirait que ton crâne gerbe ta cervelle. Ma parole on dirait que t'as la cervelle qui pend. On s'arrache à toute bombe. On leur fait des fucks, on crie, Jules zigzague sur la chaussée, moi derrière lui faut que je sois un funambule pour ne pas me vautrer, je suis un funambule.

Je m'endors sur un magazine. Johannes qui surveille ses deux cannes et Laura qui révise pour le bac. Laura elle a dix-huit ans, elle a le bac dans dix jours. Les autres sont partis dans les bois. C'est Laura qui me réveille, elle s'énerve après Johannes à cause des poissons-chats. Quand Johannes en sort un, il le fracasse sur un tronc. Il en sort un, l'empoigne dans un chiffon et tire une paire de ciseaux de sa caisse de matos et lui sectionne les moustaches. Laura je la sens à deux doigts de se servir du flingue. Tu veux que je te bousille l'autre épaule ? Tu veux que j'te. Te. T'es vraiment un con, Johannes.

— C'est les poissons-chats, les cons.

On fait trois pas, je me roule une Drum. Il a pas tort, tu sais, je dis à Laura. T'es d'accord avec Johannes ? elle m'envoie avec plein de postillons, et je me grille la Drum. Les poissons-chats c'est de la daube. Ça se bouffe pas, leurs moustaches elles sont empoisonnées et ils sèment un de ces merdiers dans les étangs, si tu savais.

— J'ai failli sortir le 22, me dit Laura.

Notre flingue c'est un Beretta calibre 22. Ça nous suffit. Les rappeurs qui parlent de flingues dans leurs chansons c'est toujours un 45 automatique ou un 357 magnum. Des engins plus lourds qu'un piano, s'ils savaient. Je nous vois mal nous trimballer un genre de piano à queue à la ceinture. Nous on n'est pas là pour frimer.

— C'était quoi ton magazine ? me demande Laura.

— Un truc sur le Tour de France. Les favoris, chaque étape détaillée.

Du coup elle me branche sur le bac. Et je lui donne trois tuyaux, lui dis combien j'ai eu en histoire, en philo.

Ça craque sous les pieds. Fait beau. Une prairie puis de nouveau c'est la forêt.

On parle des profs qu'elle a eus cette année, si moi aussi je les ai eus. Elle se marre oh cette vieille truie, celle-là. Je lui demande si elle a couché avec Fougère, le prof d'histoire, tu connais sa réputation... elle me dit non, enfin si je connais sa réputation, mais non je n'ai pas couché avec lui. Elle me dit je suis toujours vierge.

Charlotte nous court dessus, elle est folle, venez voir ce qu'a fait Johannes, son œuvre d'art.

On surplombe l'étang, une vingtaine de poissons-chats de toutes les couleurs qui flottent à la surface. Quel fils de pute. Mais quel fils de pute.

— Mais admire, Laura. On dirait des bateaux.

On descend les rejoindre, Laura qui fulmine et Johannes qui prend un air désolé et dit la vie de ma mère, je n'en ai plus tué un seul.

— Ils ont pas l'air très vivants, tes bateaux.

— C'est la peinture. Vu que c'est de la peinture de bâtiment, le genre de truc à l'huile, bon je les trempe dedans, par la queue, et à mon avis la peinture elle s'infiltre par les ouïes, elle se colle à leurs poumons, elle les étouffe.

— Concentre-toi sur l'eau, dit Jules à Laura. Tu regardes bien, t'en vois un qui remonte à la surface. Un qui craque et qui remonte lentement.

— Je préférerais s'ils étaient vivants, dit Johannes. Ça donnerait une régate. On aurait fait les commentaires, la casaque rouge, la casaque verte...

— Sauf qu'ils resteraient au fond s'ils étaient vivants, dit Charlotte.

Le trajet retour, du zigzag entre deux caisses de vieux cons qui s'imaginent que plus ils vont klaxonner, plus on va se calmer. Je pense aux motards du Tour de France, ces mabouls dans les descentes, ces vieux cons devant leur téloche doivent les aduler ces motards, impressionnant comme ils se faufilent, et dire que derrière ils traînent un cameraman, et là messieurs vieux cons voici l'occase de côtoyer de vrais as du scooter, futurs motards du Tour de France et vous klaxonnez, merde, vous nous... à moins que vous klaxonniez pour nous encourager, nous féliciter, excusez-moi d'avoir dit *vieux cons*, merci du soutien, ça fait chaud au cœur, merci d'apprécier le travail bien fait, de saluer le mérite de ces trois as, Jules Nadar en tête, Johannes Maréchal en deuxième position, Laura qui clôt l'échappée. Et merci pour les copilotes. Diane copilote de Laura, Charlotte de son chéri Johannes Maréchal cela va sans dire, et moi de Jules Nadar le meilleur des trois as bien qu'il roule sur la plus mauvaise machine, un scoot de marque Bali, marque bidon mais quand chauffeur de génie... hopf' l'arrêt catastrophe, sur la place, l'abribus, tout le monde descend, mon paquet de tabac, il fait chaud, tous en short, filles en jupe, tous en tee-shirt, Jules en marcel, Charlotte aussi on peut dire, en petit haut à bretelles on peut dire un marcel, je récupère le magazine dans le coffre du scoot de Jules et me roule une cigarette et tire une bonne bouffée puis m'applique à exhaler la fumée avec style. Johannes avec sa Marlboro largue quelques ronds, moi je ne sais pas faire, dommage parce que c'est vraiment la classe, souffler des ronds. Tant pis, j'ouvre le magazine.

Dans le poste de Johannes c'est *The Chronic* de Dr. Dre. Je l'aime à en crever, ce disque. Je l'ai eu quand j'étais au collège.

Je traînais avec le pire voyou de Los Angeles, j'étais son associé. Moi je l'adule et lui me respecte. Je suis un gringalet mais ça se voit pas, moi je suis pris sous l'aile du nigga witta muthafuckin' gun. Mon poste CD était au pied du lit, je branchais un casque et je l'envoyais d'une traite et je frappais avec mes mains, dans le noir. Le matin je tombais sur la pochette en tapisserie du bureau de monsieur le maire avec à la place de la Laitière de Vermeer, dans le médaillon, cette photo d'identité casquette et boucle d'oreille à chaque lobe du seul génie qui ressemble à un bulldog, je lui tapais la causette. Je disais salut Dre, bien dormi ? Quand je rentrais du collège, je lui dégainais un clin d'œil, mission accomplie, l'ami. J'étais le fantôme du dog et pendant qu'il bidouillait ses machines, je partais dessouder les morveux qui lui fourmillaient dans les quilles.

Toute la journée je sortais du cinoche. Ces cinq minutes où on est encore avec le film, quand on tente de lui dérober son héros, et on voudrait l'incarner pour la vie.

Tueur à gages mutique parce qu'un ordre moral, il intrigue, ne surgit que par surprise. Il apparaît et disparaît aussi vite. Jamais là où on l'attend car fin stratège, organisé, efficace car tout est planifié. Toujours la solution, sans jamais donner l'impression de chercher. Attentionné, et ses grigris, un monde à lui car au-delà de tout. Un sage érudit imperturbable, jamais ému, et la démarche sculptée dans la soie. Je ne me rendais même pas compte que c'était de la musique. C'était mon oxygène — oh merde, ça ferait une belle chanson pour Alain Souchon, ça : tu es mon oxygène, mon air, mes veines et mon père —, c'était mon chichon, à une époque où je me représentais mon bide comme une bétonnière qui coulait un putain de mortier dans mes cuisses de môme flippé, je me disais je vais me retrouver avec deux couilles de vieux à la place des cannes alors j'ai pris rendez-vous avec le docteur Dre, et il m'a planté une flûte traversière dans chaque cuisse.

Ça a tenu un petit bout de temps.

Au lycée j'étais bien, c'est vrai. Papa a raison. Je traînais avec plein de types et je disais bouah là là c'qu'elle est bonne ta mère, Zuile. Et puis j'ai eu dix-huit ans et c'était déjà trop.

Je me suis mis à penser que passé dix-sept ans les êtres humains étaient périmés.

Pour certains c'est quitter les parents, c'est la fac, pour certains c'est vite se marier, au moins se maquer, faire un gosse ça c'est le pire, c'est travailler tout de suite, en apprentissage ou dans un magasin de fringues ou dans le social.

Rue du Stade, juste moi et Diane, on se fait accoster par la folle de Macornay qui nous prend pour des voitures. Elle appelle Diane la Twingo vert pomme vu que Diane porte un truc moulant vert pomme, moitié caleçon pantalon et short, pantacourt en fait, qui moule, et vert pomme, oui, et moi je suis une Fiat Punto blanche.

Elle nous suit jusqu'au Rouget et ouf une dame en jaune et la folle s'écrie La Poste ! madame de La Poste ! fourgonnette de La Poste et cetera, ouf, enfin de l'air, je commande une pinte et Diane un Ice Tea. Diane se soulage de son sac de cours. Elle n'est pas rentrée en bus aujourd'hui elle est rentrée avec la mère de Charlotte.

Elle me cause de la mère de Charlotte qui est prof d'anglais, dans la famille Charlotte elles sont profs d'anglais de mère en fille et Charlotte elle c'est hors de question, elle tu sais c'est le festival de Cannes.

Charlotte ce qu'elle veut faire quand elle sera grande, monter les marches du festival de Cannes.

— T'as remarqué mon nez? je dis à Diane.

— De pire en pire.

Je me le pince entre le pouce et l'index, le remonte d'un poil, je dis avant il était comme ça.

— T'avais un beau nez, me dit Diane. Maintenant, ce gros pif de merde, ça te bouffe le charme. C'est vraiment dommage. T'étais beau gosse.

Laura commande un citron pressé. Je lui tends une garette pour la provoc, elle y file un coup de doigt. Elle me la ramasse, ses grosses mamelles qui font balam balam dans son tee-shirt, pas de sous-tingue, se redresse et va se chercher une chaise.

— Quinze bornes.

— T'es allée courir? bondit Diane.

Toujours pieds nus, la Laura. Et elle trace à travers champs, bois, des ronces, n'importe quoi, pommes de pin, bouts d'écorce, des cailloux tranchants, elle ne craint pas la Laura.

— Quand je me suis arrêtée ça s'est mis à dégouliner dans le dos. Après la douche ça continuait. Je me suis étendue sur mon lit vingt minutes et ça continuait à dégouliner, je suis allée prendre une deuxième douche. Aux tempes, là, j'ai des petits cheveux mouillés, non?

Laura elle a une cicatrice en forme de cœur sur le bout du nez.

J'aimerais bien tester le bisou esquimau avec Laura.

Puis Charlotte et Johannes, puis Jules, et ça fait six, le compte est bon. Toutes les forces réunies.

Comme les Bioman, les Power Rangers quand ils partouzent et développent leur puissance du diable, matérialisée par une boule de feu qui vole au centre de la ronde et ils s'envoient tous dans les airs, des saltos arrière et ils donnent des coups de poing au ciel, des coups de genou, ils vrillent, triples boucles, triples axels et dégomment les méchants. Et ils se reposent quand, eux? on se demande toujours.

Eh bien nous on se repose là.

Au centre de la ronde il y a rien, des verres, une main qui fait mumuse avec un briquet.

— Bleu couleur célébrité, sort Charlotte. Vous avez vu je me suis acheté un briquet bleu, j'ai appris que le bleu était la couleur de la célébrité du coup je me suis acheté un briquet bleu.

— Trop nul, lâche Laura avec une moue.

Et Charlotte lui jette un regard plissé, brillant, et préfère ne pas relever. Peut-être pour penser bah ouais, Laura de merde, moi je suis une starlette, toi t'es une coureuse de fond, moi je suis une sprinteuse et je suis une grande perche, moi.

Toi t'es musclée des cuisses mais t'es grosse comme un camion-citerne alors que moi tu m'as vu, je suis une belle plante moi, je te dépasse d'une tête moi. De ma splendide tête de blondasse. Je mesure trois mètres et vous montez le tapis rouge, moi je mesure trois cents mètres et je vous pisse dessus. Je suis une pétasse qu'aime pas les pétasses. C'est bizarre, non ? Je suis une pute profiteuse et j'ai le plus beau cul de la terre et je déteste les pouffiasses bien gaulées. Elles montent le tapis rouge, ces pouffes de merde ? Moi je leur pisse dans leurs cheveux châtains. Moi je les noie toutes dans ma pisse de blonde. Et je lâche une caisse et c'est l'ouragan qui balaie leurs cadavres et le lendemain la mer a emporté tous les cadavres, le plus grand soleil qu'on ait jamais vu, les vingt-quatre marches du tapis le plus rouge qu'on ait jamais vu, les marches désertes, un seul projecteur c'est le soleil, tout un festival rien que pour moi, Charlotte la seule star.

Laura nous laisse, ça coule toujours, dans son dos, ses petits cheveux vers les tempes, faut qu'elle prenne une troisième douche et ça déclenche la panique sous ma calotte parce que Laura c'est une fille de bourgeois, ses vieux ils tiennent le camping du lac et ils ont une baignoire en forme de coquille Saint-Jacques qui fait jacuzzi. Du coup moi aussi je me mets à transpirer de partout. Oh oui Laura, fais couler le bain, j'arrive.

— On le prend tous les deux ?

— Oh oui Laura...

— Le p'tit Lion le zob à l'air, ça me ferait bien rire.

— Je garde le calbute. Mais si tu veux y aller à poil, te gêne pas. Moi c'est pour le confort. Vous les filles, que vous soyez à poil ou pas c'est idem.

— Si on est à poil, ça vous fiche la gaule.

— Teu teu, une paire de miches, je sais à quoi ça ressemble. Et puis ce que t'as entre les cuisses, je sais aussi à quoi ça ressemble, j'en ai plein le crâne.

— Des vagins ? explose Johannes.

— Hey, s'incruste Diane, moi j'en ai eu des vagins sur le crâne. T'rappelles Charlotte, pendant une semaine j'ai porté une casquette, t'sais j'avais perdu mes cheveux, j'avais trois vagins sur le caillou.

— Tout le monde croyait que t'avais le cancer.

Laura s'arrache, non moi je reste, elle me souffle que je suis une tata, je voudrais lui décocher un clin d'œil, un truc classe de lover, genre : une prochaine fois, pouliche.

Plutôt poulette que pouliche.

— Tu l'aimes bien, Laura, me dit Diane.

Ça bourgeonne dans mon dos.

Au collège quand j'étais amoureux d'une fille, le matin dans la cour quand je la voyais pour la première fois de la journée j'avais une tulipe qui me poussait dans le nombril.

Je ne me suis pas suicidé à dix-sept ans. Je n'ai plus le choix, il faut que je devienne une légende, un mythe, c'est la solution. Que la Terre soit mon parc d'attractions.

Des enfants. Des icônes. Des symboles. Sans les parents.

Une famille de dieux. Comme une famille royale. Comme une famille d'acteurs.

Être un personnage, avec son caractère bien défini. La totale liberté d'un personnage. Avec son audace, son truc en plus.

Si je ne veux pas grandir.

Être une star des papiers glacés. Et monter les tapis rouges, c'est ça. Il faut tous les niquer.

J'avais entendu un mec à la radio qui disait l'adolescence c'est l'invention du XXe siècle. C'est ça, c'est le rock'n'roll et les mangas, le rap, etc., et voilà la jeunesse des poèmes, aujourd'hui, voilà.

Ma dernière chérie, Delphine, elle disait voili voilou.

J'attends Diane sous l'abribus. Le bus jaune du père Damien. Je fais salut à Damien, et Charlotte descend du bus avec Diane. Je tape la bise à Charlotte et pas à Diane alors elle me dit et moi je pue de la gueule ? je m'excuse, je dis mais toi c'est évident et elle me dit béh ouais mais tu dormais c'matin grosse courge.

Elle me cause du correspondant danois de JF, il parle pas un mot de français et JF et ses potes ils lui apprennent que des insultes et en cours comme on trippe, le corresse il répond des pires mots aux profs, il dit nique sa race, grosse tepu.

Johannes comme une balle, sans casque, la figure en sang. Ils se sont ramenés à cinq. Deux barbares que j'avais jamais vus. On les avait jamais vus. J'étais avec Adrien, devant les grilles du collège. Ouais, Adrien Épailly. Adrien, quoi.

Philip qui s'amène le premier, me pose des grosses boîtes, il m'envoie dans les grilles, et les deux nouveaux ils chopent Adrien. C'était y a une heure ouais, même pas une heure. Moi je lui colle une pichenette à Philip. Putain ils avaient un bouquet de tulipes. Il me prend au cou, il me colle une droite. Et v'la le Padrino qui se ramène.

Arnaud le Padrino, un gars tout foutu, de nos âges, enfin entre les deux, de dix-huit ans, qui squatte le banc en face du collège, sa bouteille de blanc, et il insulte les classes qui partent au sport, il s'incruste quand ça se frite, il m'aime bien je crois, moi je l'aime bien Arnaud.

Il court droit sur un des molosses de Foncine, il lui déquille la colonne. Un violent coup de pompe dans la colonne et le molosse il s'effondre et par terre le Padrino il lui marave sa gueule au molosse. Ce molosse c'était un connu. C'était le roux, tu vois. C'était lui qui portait le bouquet de tulipes. Et moi le bouquet de tulipes j'y voyais comme un camouflage pour un fusil à plomb, t'sais. Je me fais démolir dans les grilles et je vois ce livreur de tulipes, je flippe, je le fixe, j'encaisse les pipes, j'ai l'épaule qui s'effondre et le Philip clac un croche-patte, je m'accroche à lui et on se vautre tous les deux. Adrien il se défait, il recule, il a les crocs et il arrache sa chaîne autour du cou et il se l'enroule autour du poing mais il a pas le temps, un barbare lui recolle un taquet et il se taule, le pauvre il glisse, moi je me débats avec Philip et je vois Adrien qui se fait savater par des genres de pompes de sécurité.

On est les deux taches à rogner le bitume.

Philip il me chope aux oreilles, il me gratte la gueule sur le trottoir, je sens l'arcade qu'explose, l'épaule je vous en parle pas, je l'ai jamais eu aussi basse. Je faiblis, t'sais. Je peux tout juste lui donner un coup de bras dans le pif. Et tu parles ça ripe sur sa bouche ouverte, ça passe sur son appareil dentaire, ça me déchire la peau, cet enculé. Et je réussis à lui tirer un billet.

Il sort un billet de cent euros. Les barbares c'est un peu notre tirelire. Quand on se bastonne avec, on va toujours chiner dans les poches. Et parfois ils paument une liasse. Et ça leur arrive même de nous lancer une ou deux coupures, pour faire style qu'ils ont tellement pitié.

Le Padrino il s'en tire bien, continue Johannes. Sans lui on serait tous à l'hosto. Moi je sens plus rien, là, je sens que ça cogne et pis c'est tout. Je vois plus grand-chose. J'entends le Padrino qui se démène, qui s'attaque à un deuxième steak, un nouveau je suppose, un avec des chaussettes jaunes, je me rappelle ses chaussettes jaunes. Et moi je me replie en œuf. Je crois que c'est mon dernier souffle. Je me protège même plus. Je suis presque mort. J'ai même plus la force de cracher une tulipe, rien. Et le Philip il rigole hein j'te jure. Moi j'avais envie de chialer. J'allais pas me transformer en lopette non plus mais t'sais t'as envie d'un bon bain, j'avais envie de toi Charlotte ma poulette, je voulais un truc niais, juste une balançoire avec ma meuf, on se fait des smacks je sais pas, on bouffe des Chocapic en regardant *Docteur Quinn, femme médecin* ou je sais pas. Putain j'ai l'impression que je suis toujours échoué sur ce trottoir, que ça continue à cogner. Putain faut que je me calme. Je suis encore en train de me faire marave la gueule. Je suis encore devant le bahut. Attends y avait grave de peuple, y avait les filles qui paniquaient. Et y a la CPE qui se pointe et là les mastocs ils se barrent bien sûr. Ils me laissent en plan. Adrien pareil le visage en sang. Il veut pas rentrer chez lui Adrien, il va se faire massacrer par ses vieux. Il fait que de rentrer en sang. Il se sauve en courant, après je l'ai revu au Rouget, le rital m'a indiqué les chiottes, il se nettoyait la gueule au lavabo Adrien. La CPE elle me ramasse elle dit je ne veux rien savoir, Johannes, heureusement que je ne vous verrai plus l'année prochaine. Elle s'exprime avec ses vieux mots, vous n'allez donc jamais cesser de vous bagarrer. Comme si on se bagarrait. On se chamaillait, pendant que t'y es. Comme des caniches, hein. Oh, rien de méchant, c'est leur distraction favorite à ces galopins, qu'elle dit. Putain moi j'agonisais dans les bras du Padrino, lui pas une seule égratignure ce cador, des filles me versaient leurs cinquante centilitres de Volvic sur l'arcade, sur le nez, t'as vu l'état de ma figure ma Charlotte.

Qui n'en peut plus de le papouiller, l'écoute avec des larmes, lui passe des mains partout, l'enlace comme un polochon, lui mordille l'oreille, renifle et approuve et sourit, bisou, dit oui à tout, oh mon dieu, oh c'est pas vrai, Johannes encore le pouls à bloc, la haine après le Philip, ses quatre Brutus et la CPE bah oui elle est remontée à son bureau, elle a dû changer l'eau de son bouquet de pâquerettes pis voilà. Putain dans deux jours c'est à mon tour de porter le flingue. Deux jours et Laura me le lâche.

Putain le Padrino ce bonhomme. Je pensais pas. Avec ses bouteilles de blanc, t'sais, je pensais pas que c'était ce genre de héros.

Charlotte et Johannes s'arrachent et Diane et moi on descend à pied au Rouget.

On se met dedans, au frais. Le rital nous demande si Johannes est allé faire sa déposition au Naïne Ouane Ouane. Non. Il doit vraiment y aller, s'excite le rital. Non. Vous allez morfler encore longtemps si vous prévenez pas les autorités. Non. Mais vos parents ils vous payent pour faire chier le monde ?

— Les barbares ils se foutraient pas de notre gueule si on était des rock stars, je dis à Diane.

Si on faisait commerce de nos faiblesses.

— Si on était plein de fric.

Le rital nous dépose les verres.

— On est rien que des bidons, là. Des types avec des joies, des peines et des branlettes.

— Et une casquette pour Johannes.

Je suis en claquettes, aujourd'hui.

— Le problème c'est qu'on se mélange. On pourrait se contenter de disjoncter dans les chouilles pour faire marrer les potes et pour draguer. Dans la rue, les rôles ne sont pas définis. On est des gens et puis voilà. Personne n'a pris sa place. On n'est pas au théâtre. Il n'y a pas de scène et il n'y a pas de salle. Et quand t'es peinard dans ton siège et dans le noir, tu ne demandes que ça des déjantés de la vie. Par contre, dans la rue, si t'en croises un, tu réagis bouah c'te crainte. Trop la honte, le gars. Alors que si tu mates un film, jamais tu gueules à Mike Myers trop la honte.

— Si on était des rock stars, les barbares de Foncine ils nous auraient en poster dans leur chambre.

— Peut-être qu'ils seraient notre fan club. Et ils diraient qu'on est des stars simples, d'une rare humilité, on se produit pour rien, juste pour vous amuser vous et pour nous amuser nous.

On ne se prend pas au sérieux. On prend la musique très au sérieux, le cinéma très au sérieux, alors on a le droit de jouer.

Une rock star en représentation gratuite c'est toujours avec la conscience de la distance. Nous il n'y a pas cette distance, il n'y a pas d'ironie, nous on y croit.

— Le second degré c'est à partir du lycée, non ?

Ces soirées avec tes potes où tu regardes des programmes télé débiles en te foutant de leur gueule.

— C'est le second cycle, oui. Niveau d'étude secondaire.

Sur les marches de l'église on se dispatche se dégourdir les jambes. Jules saute les quinze marches en trois bonds. Johannes sa démarche de hip-hop, une sacoche en bandoulière sur le cœur et Charlotte lui grimpe sur le dos, s'assied dans son trou à l'épaule, sort un verre de jus d'arc-en-ciel, je ne sais pas quel cocktail, avec petite ombrelle et machin pour touiller, sort un chapeau de trois mètres de circonférence, sort un bouquet de tulipes, sort un palmier, lunettes de soleil, fume-cigarette, rouge à lèvres, ils tourbillonnent en crachant tout Miami comme ça jusqu'au monument aux morts à l'autre bout de la place du 8-Mai.

Dans les passants on repère déjà quelques coiffes blondes, les Hollandais commencent à envahir le Jura. L'été les touristes dans le Jura c'est pas du Parisien, du Breton, c'est rien que du Hollandais.

Charlotte et Johannes nous ramènent un ami, un vieil ami n'est-ce pas, monsieur Jean Ju et sa dégaine de tout sauf hip-hop, lui. Reste en bas des marches de l'église, nous les six tagazous pépères dans les gradins, les arènes de Clairvaux, messieurs mesdames, Jean Ju sort une trompette et nous joue un petit morceau et recule, se dandine, recule jusque sur la route et ça klaxonne et il ne veut rien savoir ce vieux héron, il continue à jouer. À jouer le bourru au volant. Comme s'il était une automobile à lui tout seul. Vous allez avancer, bordel de dieu. Voyez bien que le feu est vert ! Voyez quoi, alors ? Vous le voyez de quelle couleur ? C'est pas du vert, ça ? et il souffle à grosses joues dans sa trompette et il monte sur la première bagnole, une Ford Focus avec deux filles, pétées de rire bien sûr, et bien mignonnes, et Jean Ju monte sur le toit, s'allonge sur le toit, en travers, rentre sa tête et sa trompette par la vitre de la conductrice et il lui largue une note de fou au pavillon, et elle répond par un coup de klaxon et derrière ça s'échauffe, ça essaie de doubler la Focus, Jean Ju ça le soûle, de retour sur le devant de la scène, bas des marches de l'église, chemise blanche, casquette en cuir, tout en sueur de vieux, monsieur nous salue, une main qui presse sur le nombril pour lui plier la silhouette.

On lui braille après comme des Japonais, avec des bouches comme des grottes et grave de postillons. Une spontanéité de trisomique et tous montés sur ressorts mais ça fait vite mal aux fesses alors on se prend par les épaules et on devient une chorale de mamies qui interprète le chant M'sieur Jean Ju. Les paroles c'est pas compliqué c'est M'sieur Jean Juuu / M'sieur Jean Juuu / M'sieur Jean Juuu.

— Z'êtes un drôle d'oiseau, monsieur Jean Ju, lui lâche Jules à Jean Ju.

— Je suis un pic-vert, moi.

— Un pic-vert ?

— T'as une jolie chemise rouge, toi, il dit à Johannes.

— Je l'ai trouvée dans un arbre.

Jean Ju c'est un châtelain. Ce qu'il faut dire c'est qu'il a plus de soixante ans. Il a racheté la bâtisse du golf de Merona. Même le golf il l'a racheté. Ces deux dernières années il était en chantier le golf, on passait devant, toujours on doublait dix camionnettes d'électriciens.

— Je viens de gazouiller avec une ancienne élève. Une de ces minettes. Une de ces paires d'yeux, mes gamins. Bleus mieux que dans un documentaire des mers du Sud. Je couchais avec, oui. De longs tifs qui lui balayaient les fesses, qui venaient se glisser dans sa raie. De si longs tifs qu'elle les ramenait devant, oui, se ramenait les pointes sur le minou.

Une femme en robe sort de l'église, descend les marches et Jean Ju se baisse et avec sa trompette lui klaxonne au cul.

C'est Magali, merde. Pas une femme, c'est une fille. C'est Magali, une copine de Charlotte, putain Magali c'est quoi cette robe de mamie.

Magali elle est perdue en ce moment, elle se tape l'incruste dans la ligne, maintenant on est sept, et Jean Ju restez pas debout, venez avec nous, huit, et Magali elle raconte à Charlotte c'est de pire en pire chez elle, ses parents et tatati, ça l'assomme, et elle traîne, elle ne rentre pas chez elle avant minuit, elle joue la fouine, qu'est-ce tu foutais dans l'église Magali ? oh rien elle réfléchissait, et elle traîne et elle zieute dans tous les coins si y aurait pas une tête qui lui revient pour lui poser le grappin.

Jean Ju demande à Johannes pour ses croûtes sur la figure, oh attends, laisse-moi deviner... les barbares de Foncine ?

— Dans le mille, vieux pigeon.

Johannes se lève, veut s'asseoir à côté de moi. Diane lui laisse la place, va s'asseoir à côté de Jean Ju. Johannes me dit j'ai revu Adrien, en fait il a deux côtes cassées, la mâchoire déplacée, il est à l'hosto à Lons, il est interdit de visite par ses parents. Et j'ai revu Arnaud le Padrino, aussi, je lui ai dit de passer chez vous demain soir.

Une sorte de fête pour la fin des cours.

— Il veut monter à Foncine, lui. Genre on met le feu au village. Il dit, depuis le temps que ça dure, faut bien que quelqu'un s'occupe de ces ordures. Il dit, si je réussis à me débarrasser de la trentaine de barbares qui sèment leur merde dans le Jura, je parie que je suis élu président du conseil général. Et il m'a promis un poste. Et pour toi aussi, Lionel. Pour tout le monde.

Dans mon lit juste un slip pour maintenir la grappe, même pas un drap, je lâche un pet odorant. Ça ne m'arrive jamais. D'habitude quand je lâche un pet il ne sent rien. Celui-ci a l'odeur de papa Gustave. Une odeur de levure, de tofu, de nourriture bio. La même odeur que dans la chambre de papa Gustave.

Accroupi devant la boîte aux lettres, je souffle de la fumée aux narines d'un lézard. Le bus jaune du père Damien me klaxonne, sympa le mec, salut de la main. Je fais la bise à la frangine, on se pose dans la cuisine autour d'une bouteille de Sprite.

Sa dernière demi-journée de fille de seconde. En sport on devait jouer au base-ball, à l'arrivée que dalle. Les gars courataient les filles et les jetaient sous les douches. Ils s'amenaient à cinq et nous faisaient vous aimez ça les douches habillées ? Je suis la seule à pas y être passée. J'avais ma clope, je les menaçais de les brûler, ils trouillaient ces flippettes. Ils courataient les dindes de ma classe, obligé les minets ils avaient la trique, ça y est, ils allaient l'avoir leur partouze. Tu baves, bébé. À cinq. Fallait bien ça, remarque. À cinq, ils en chopaient une, cinq minets pour une dinde, et ils la traînaient jusqu'aux vestiaires et elle criait mais sans donner des coups de pied ou quoi. À l'arrivée elle se faisait arroser, résultat les tétons qui pointent et les minets qui s'imaginent elle va le retirer pour l'essorer, on va se rincer l'œil, on va se vider les couilles. Que dalle, pf'. Toujours zéro au compteur.

Boh, y a les Hollandaises qui commencent à débarquer. Clairvaux va devenir la capitale du téton. La capitale du string maillot de bain. Tu reveux du Sprite ?

Elle se déchausse et me montre ses doigts de pied, elle perd ses ongles. Je perds mes cils, maintenant je perds mes ongles. Je vais perdre mes cheveux, si ça continue.

Quand j'avais douze ans j'avais des épis de maïs à la place des doigts de pied. Les filles aimaient bien.

C'est à cette époque qu'on a rencontré Johannes. Chez le docteur indien. Johannes il avait des plaques de fourrure sur les genoux et derrière les cuisses, et je me foutais de sa gueule.

Ce soir la fête à la maison. Et un invité spécial, Mario le cousin de Johannes. Diane est folle de lui.

Mario habite à Belfort et veut devenir chanteur cubain.

On prépare le barbecue et quand Diane le voit débouler dans le jardin, à l'arrière du bourricot de Johannes, son chapeau de crooner à la main, ses jambes poilues, son short en jean avec les fils blancs qui lui pendouillent sur les poils, ce qu'il est poilu des pattes, dingue, mais Diane raffole des guiboles d'ours et me prend à l'épaule, Lionel tu m'avais pas dit que Mario... Lionel t'es un vrai frangin futé, et elle me prend la main. Mario nous rejoint, pose son chapeau sur la tête de Diane, une bise, les mains des garçons, une bise à Charlotte, les garçons se repiquent le blair dans la cagette de patates à découper, un bout de beurre et on enveloppe de papier alu, puis les merguez, et fais péter les chips, et la picole on risque pas de tomber en rade, va zieuter le frigo.

On mange et on boit et Charlotte monte sur la table de la cuisine, sur une chanson d'Outkast, et ça nous va si bien, Outkast nous va si bien, et Charlotte joue la chaudasse, se cambre et fait valser sa touffe de salope blonde et ça devait arriver, non elle ne se vautre pas de la table, c'est qu'au plafond de la cuisine le padre a punaisé un serpentin de glu pour les mouches, Charlotte se le mange en plein la tignasse. Elle saute de la table et le machin de glu se détache de la poutre, reste collé à ses tifs. Elle se met à hurler, elle prend ça comme un drame, nous on se marre mais elle pas du tout, elle ne tolère pas, comme son premier caprice de star, à noter, s'en souvenir, crise sur place et Johannes trace à la rescousse, lui dit allez on va s'occuper de ça et l'emmène dans la salle de bains et ça sonne puis cogne à la porte et ça flippe dans l'assistance, vas-y Lionel, me crache Diane, j'ai l'alcool inquiet tu sais Lionel, va voir qui c'est s'te plaît.

Sous l'ampoule extérieure je reconnais la silhouette d'Arnaud le Padrino. Je gueule c'est Arnaud le Padrino. J'ouvre et il me salue, l'ami Arnaud, d'une tape puis poing contre poing et deux claquements de doigts sur l'épaule. Il me fait l'estropié m'a informé, paraît que c'est le feu chez toi. Il tient une bouteille de Ricard. Il porte des gants de moto — il a une chiotte, je sais pas une quoi. Il me dit ma brêle va pas gêner, là ? Y a pas une caisse qui va rentrer dans la nuit qui risquerait de la décalque, là ? Je dis non.

Jules lui fait salut Arnaud le Padrino ! Arnaud me fait okay mon frère, y a que des blaireaux chez toi.

Il se pose sur une chaise autour de la table du salon et me dit ces gars c'est des têtards, je les ai déjà tous insultés quand ils sortent de l'école. Il me dit je passe le permis, putain je sais conduire depuis que j'ai dix ans. Je vais te dire l'amigo, pour aller aux leçons de conduite je taxe la Twingo de ma daronne. Je la gare cent mètres avant l'auto-école et j'arrive les mains dans les poches. Et je vais te dire, avant que je monte dans la caisse, les moniteurs ils me font souffler.

Diane fait un bout de ménage, trie les canettes et les bouteilles vides, les verres, vide les assiettes en carton avec de l'alu cramé, de la peau de patate et les os des côtelettes de JF.

— Dis-moi mon frère, me lance Arnaud, dis-moi combien elles sont les lavettes dans ce patelin pourri. Moi je vais me casser. D'ici l'année prochaine vous me voyez plus, moi.

Jules et JF rappliquent, s'assoient de son côté.

— J'aurai mon appart à Besac. Ce bled c'est la mort. Le Jura c'est la mort. Franchement, oublie. Oubliez tous. Toi, l'amigo, oublie le trois-neuf, il gicle à JF. Le deux-cinq, ça c'est animé. Ça se passe dans le Doubs, les gars. Ici y a que des Mickey. Pis à Clairvaux ils me connaissent tous. Moi je suis fiché. Les schmidts ils savent qui je suis. Jusqu'à Lons je suis connu, moi.

— Tu devais passer au tribunal, non ?

— J'ai pris deux mois de sursis. Un pays de tarlouzes, j'dis. T'sais quoi, mais oublie le trois-neuf, gars. J'te le dis à toi parce que t'es pas un Mickey. Toi j'te le dis, oublie le trois-neuf, il gicle à Jules. Toi p'tit Lion, si un jour t'as une embrouille, tu me phones, moi je bipe trente types à Besac. J'ai mes lieutenants à Planoise, ils descendent avec les battes de base-ball. Le Jura, à part des suces-boules, je vois rien d'autre. T'sais, deux mois de sursis, mais plus je reste, plus j'engrange les emmerdes.

Charlotte et Johannes redescendent. Charlotte les cheveux courts, taillés aux ciseaux, blonde aux cheveux courts comme les plus belles mannequins du nord. Arnaud se lève en connaisseur, y a pas que des Mickeys chez le p'tit Lion. Lui c'est Johannes le dernier estropié. Salut p'tit frère, il gicle à Johannes. Nous deux on a du vécu en commun. Du vécu tout frais. Et on a l'avenir qui nous pend au nez, là, juste une morve à détacher, un Mickey de nez, on a juste à moucher un vieux patelin du haut Jura tous les deux et on sera arrivés.

Johannes le prend dans ses bras comme un vrai Padrino, des tapes dans le dos. Assieds-toi mon frère. Un verre de Ricard ? Oh ça remonte la furie de tomber sur un battant. On va taper dans les dents, hein. On va leur éclater la ferraille, après on va leur éclater l'émail, après on va leur faire fondre les gencives. Hein mon gamin. Dis-moi, t'as mûri la stratégie ? On fait comment, on improvise ? on y va à l'arrache, comme les jeunes ils disent ?

Diane me tire au tee-shirt, Lionel faut que je te dise un truc. On monte dans la salle de bains, elle me dit ça y est je sors avec Mario, c'est super, non ? je sors avec Super Mario. Je la félicite. Je lui pose un pouce sur un œil, les cils n'ont toujours pas repoussé. Elle ne relève pas, même pas triste. Je lui demande pour les ongles, elle zappe, me dit devant la télé on joue à action vérité, c'est comme ça que je suis sortie avec Mario. On s'est embrassés. Comme des gamins.

Arnaud et Johannes qui complotent ou je sais pas, s'échangent des mots doux, des images Panini, leur numéro de portable ça je suis sûr. Arnaud il est motivé, sérieux tu me bipes hein, moi je rapplique dans les deux minutes. On va tous les croquer ces biscottes. T'as pas la trouille, toi ? On va y aller tous les deux, on va raser le patelin. On va y aller tous les deux, lala, faut pas embarquer tes guignols là-dedans. Ton poto Jules c'est une cigale lui je vois bien, moi je veux du costaud, pas trop de rigolos dans mes pattes ça me grésille le système. Ah si, Lionel, si, toi je sais d'où tu viens. On montera tous les trois. Toi t'aimes le Ricard, Lionel. T'aimes pas la Despé. T'es d'accord, la Despé c'est pour les cigales et les grillons.

Le pire c'est que je suis d'accord, mais il me gonfle. J'essaie de le remuer pour qu'il nous laisse tranquilles, franchement n'hésite pas à mettre les gaz.

Oup' punaise, il ne tient plus debout. Je le chope aux aisselles. Du nerf, gars. Je sors avec lui, je ferme derrière.

— Toi je t'aime bien, il me dit.

Il essaie d'enfiler ses gants.

— Toi je te porte dans mon cœur. Ta sœur aussi. Moi je suis passé parce que Diane je la porte dans mon cœur.

— Oui ben...

— Moi j'te dis, tu peux compter sur moi. Je te porte dans mon cœur et ta sœur je la porte dans mon cœur.

Premier essai de démarrage, il bascule, s'étale, il n'a pas de bouchon de réservoir, l'essence s'écoule sur le gravier.

— Ah on va cramer du barbare, mon frère.

— C'est vrai qu'ils sont poilus, les barbares.

— Ils ont des fourmis plein le trou du cul, on va cramer de la fourmi mon frère.

Il se lance, houf le virage, ce taré. Il donne un coup de guidon, il est à un mètre du muret de chez madame Marie Mé.

À l'intérieur, Charlotte se balance sur sa chaise alors qu'il n'y a aucun disque. Je lui tends un doigt, je martèle toi, hé, toi, ce soir tu te serais pas prise une grosse mine, toi ?

— Je suis en train de cogiter, me répond Charlotte. J'ai un papillon qui m'emmerde la cervelle.

— Elle a un papillon dans la cervelle. Elle est ronde, la Charlotte.

— J'ai un papillon, il faut que je l'évacue, je cogite.

— T'es toute belle, toi.

On se plante devant une cassette vidéo de *Bonne nuit les petits*. C'est JF qui a trouvé la cassette dans un carton, il a dit je veux y mater. Et devant il est fou, il veut lui chourave son sable au marchand, lui piller sa réserve de sable et dans la bétonnière de mon daron je vais préparer un mortier du diable et la fenêtre de leur roulotte aux deux marionnettes je vais la condamner et son pipeau je vais le lui faire avaler au marchand de sable. Diane fond en larmes. Faut dire, *Bonne nuit les petits* c'était le programme télé favori de notre mère quand elle était petite. Les deux cassettes qu'on a ici, c'est maman qui les avait achetées. Pour Diane, justement.

En espérant que la magie prendrait avec sa fille comme elle avait pris avec elle en son temps.

Le lendemain d'une fête à la maison on aime se retrouver rien que Diane et moi pour le rangement, le ménage. On met tout le monde dehors, on met un disque, on aère, on se sent morts mais bien, avec de l'air qui nous bouleverse la moiteur. On va jeter les bouteilles dans le bac à verres sur la place. On balaie les bris dans l'entrée puisque Johannes y a explosé une Kro. Le sol est poisseux, on passe la serpillière.

Trois heures on les retrouve au lac.

Dire qu'ils sont dans le cirage, dire la tête dans le cul. Diane et moi plantés debout face à nos tagazous qui ne dorment pas, non, quoi dire ? Diane et moi comme assommés par une nappe de bruit blanc. Le concert d'une chorale de muets pour un public de sourds.

Cette rangée de gosses allongés, qui grillent, qui nous regardent, seule Laura nous tourne le dos, le nez dans ses fiches de révision. Jules semble préoccupé, peut-être que Charlotte lui a refilé son papillon. Peut-être qu'il a envie de baiser. C'est Charlotte qui l'excite, elle est seins nus. Lui est en tee-shirt, son gros cul à la place du ventre.

Je me demande ce qu'il a à la place du cul. Peut-être rien. Comme Johannes qui n'a plus d'épaule.

Jules se met à jouer des yeux, jamais vu des yeux aussi agités, des yeux qui jouent à saute-mouton, passent du mouton Diane au mouton Super Mario, du mouton Charlotte au mouton Super Mario, du mouton Lionel au mouton Super Mario. À chaque bond sur le mouton Mario, Jules s'apprête à ouvrir la bouche, puis ses yeux l'en empêchent, ce sont ses yeux qui décident, ce sont ses yeux qui lui coupent la parole, alors il anticipe, après un saut sur le mouton Johannes, retour au mouton Mario, premier coup et c'est le bon, la bouche vient de mettre les yeux K.-O.

— Mario tu sors avec Diane. Hier je vous ai vus, vous vous êtes embrassés.

Mario comate sur la silhouette de Diane. Il doit se demander si cette Diane est la même Diane que celle de cette nuit. Si c'est elle qu'il doit embrasser. La plage est bondée de Diane et il doit se demander laquelle est sa copine.

— Mario tu pourras dire à tes potes de Belfort que t'as une copine. Ça c'est la classe d'avoir une copine qui habite loin. Une copine que les potes ils ne connaissent pas. Tu passes pour un mec.

Laura se retourne, se redresse, nous lance un sourire à moi et Diane, qui va s'asseoir vers Charlotte. Moi vers Laura, qui referme son classeur de fiches. Je m'allonge sur le ventre. Laura se lève, quelques étirements puis annonce je vous laisse, je vais cramer quelques calories sur la voie ferrée. Son terrain de course favori.

À son retour on monte chez elle, on se pose dans le jardin. Sa maison est dans le camping, ses parents en sont les proprios. Entre deux sapins le hamac, et tandis que le soleil se couche sur le lac au loin, je m'étends dans le hamac. Et Johannes s'allonge dans le jardin. Sur le ventre se met à ramper, et s'excite, il sort le flingue et le buste, les épaules, les coudes, la position du tireur d'élite. Charlotte nous explique : il attend une taupe. Ou un grillon, une souris. Une bestiole. L'autre jour il a fait pareil pendant deux heures mais avec une pioche, debout immobile pendant deux heures, bon.

On hallucine sur le boucan chez le voisin de Laura, Damien le conducteur du bus qui emmène les filles au lycée le matin. Laura nous dit, depuis que sa femme est partie c'est bringue tous les soirs, il invite des tonnes de potes et ça picole. On entend ça, les verres trinquent, ça se marre en gigantesque. En trop gros, ils exagèrent. Des vieux qui se lâchent.

Coup de phone de l'ami Zuile, il me dit mec si tu savais comme je cuis chez moi, c'est un sauna chez moi, viens si tu veux j'ai une bouteille de vodka. Je propose à Diane, juste pour être con deux secondes, parce qu'il y a Mario, bah oui. Elle me fixe quinze secondes droit dans les yeux, je ne lâche pas son regard, elle dit oui je viens avec toi chez Zuile, je panoramique sur Mario, où il est Mario ? Mario il dort, me dit Diane, il a bu trois Bavaria sur la plage tout à l'heure, il dort sur la plage toujours, je viens avec toi chez Zuile, ça te dérange pas ?

Dans l'AX je lui dis que chez Zuile c'est un sauna, il m'a prévenu c'est intenable et elle trouve ça louche, se met à psychoter que Zuile c'est un vicelard, il va nous faire picoler et après il va nous demander de nous mettre à poil et de niquer, Lionel, t'es sûr qu'il nous attire pas dans un sale coup ?

On entre, direct la cuisine et sur la table un concombre et une botte de carottes et Diane se sauve en courant. Je raconte à Zuile, et tant pis, bon, oh c'est un four à pain ta maison, moi je suis pas une miche de pâte à pizza, va chercher ta bouteille de vodka, Zuilo.

J'aime me promener en short la nuit.

J'y vais comme un crève-la-soif. Et quatre gorgées et j'éclabousse le bitume. Je tousse, ça me remonte dans le nez, je crie que j'ai plus de gorge, je suis un taré, j'ai plus de nez, Zuile me traite de vieux Russe.

Quand je suis bourré j'ai vraiment l'accent jurassien. Je cause comme un vieux, avec des vingt dzou, vingt diou, vingt dieux, je case le plus de *y* possible, et j'accentue les *ié* et j'étire les *in*, les *an*, je mâche mes *a* et je rentre mes *o*. C'est sûr, j'ai tout de suite moins l'air du mec qu'est à l'université. Et je me sens bien. Je suis dans mon élément.

Je chante « I was born by the river ».

C'est laid une fille avec l'accent jurassien. Certaines tu les vois bien sapées, sexy, elles te parlent et y a l'accent, ça te coupe l'envie de leur bouffer la chatte.

J'ai mal au cul. Assis sur le rebord du trottoir. J'ai encore soif, on rentre et Zuile descend chercher une bouteille de rouge à la cave et je gerbe, là, sur le tapis du salon, je m'endors.

Zuile me vide une carafe d'eau sur la gueule, la télé est allumée, c'est un film porno.

Je reste assis par terre, Zuile s'occupe du tapis, l'a roulé puis monté dans la salle de bains et j'entends la douche haute pression, et il frotte, et sur la télé la meuf se prend une bite dans le trou du cul et ça me fait penser que tout à l'heure Jules nous a dit que sa première tulipe de l'année lui avait poussé dans le trou de son cul au bide.

L'anus à la place du nombril.

Zuile redescend et on ressort. On brûle une ou deux poubelles, ça c'est marrant.

À midi, Diane me demande si à mon avis Zuile a une grosse bite, à moins que tu saches, que tu aies déjà vu sa bite.

Je dis je ne l'ai jamais vue. Je ne sais pas. Et Mario, il a une grosse bite ? Elle me dit je ne sais pas.

Toute la smala dans l'AX direction le château de Jean Ju. *Nous sommes invités*. Le golf, les travaux sont bouclés, ça nous tarde de voir.

Le parking est blindé de belles caisses, toutes immatriculées hollandaises. Le gazon est squatté par une trentaine de chèvres, qui broutent, toutes une cloche autour du cou. On ferme nos bouches, pas une cloche ne sonne comme l'autre. Une sorte de carillon. Un écriteau nous informe qu'aucun jardinier n'est employé, les chèvres s'occupent de tout. Juste un *valet* comme c'est écrit. *Un valet qui le soleil couché, muni d'une lampe frontale et d'un gant en caoutchouc, ratisse la superficie et débarrasse le terrain des crottes de biquette.*

Les chèvres bêlent et avec les cloches on dirait qu'elles posent sur une instru bizarre, pas de beat, que de l'habillage harmonique et MC Biquette qui chauffe le green, tout le monde dans la place fait bêêêh... bêêêh... et les Hollandais, ces moutons, reprennent en chœur : bêêêh... bêêêh...

Au bout c'est le château. Un escalier en pierre et une cloche pour appeler notre seigneur.

— Montez vite les loustics, j'ai une de ces pépées au trou vingt-trois.

On traverse le château sur de la musique classique, une valse autrichienne, je suppose.

— Trente-six chambres à coucher, rendez-vous compte. Parfois je m'emmêle. Un soir vous rentrez ivre, vous imaginez...

Grandes salles avec rideaux, statues, lampes de chevet sur tables en bois d'acajou, trucs comme ça, tables en verre, pieds en bronze, en queue de cochon, en tire-bouchon, puis miroirs, bougies, du baroque à la con, puis

un escalier de fer, un couloir étroit et obscur, au fond de ce couloir une porte entrouverte,

une salle de visionnage, mais ce truc de fou, Jean Ju mais qu'est-ce vous avez dans la cocotte minute ?

— Pas de baratin. Trou vingt-quatre, là. Une beauté de l'Antiquité.

Un pan de mur en téléviseurs couleurs comme le rayon télé du Géant Casino. Une vue sur chaque trou du parcours.

Le but de ce bordel, simplement qu'il puisse s'amuser, lui aussi. Important, Jean Ju déteste le golf. Du coup il a fait intervenir une flopée d'électriciens parmi les plus calés du pays pour lui truquer ses trous. L'astuce, un mécanisme qui ouvre le fond du trou, pareil qu'une boîte de conserve mais vers le bas. Résultat, ça vire la balle de golf, après quoi il envoie à la place, par exemple une cerise. Il caresse un écran, la trappe cède, sur l'écran il choisit par quoi il veut remplacer la balle, un dé à jouer, un dé à coudre, une boule de chewing-gum.

— Visez-moi ceux-là. Je leur réserve une surprise à ceux-là.

— C'est une boule de pétanque ?

— *Boule de pétanque rouillée.*

— Il va se salir les doigts, le pauvre.

— Le gant, oui.

— Va se l'essuyer dans l'herbe.

— Penses-tu, il va sortir le mouchoir.

— Il a le sourire, au moins.

— Hé, ils rigolent. Ah, mes petites familles... Elles sont mignonnes, n'est-ce pas ? Oops', la télé onze. La bonne bouille, le petit môme.

— Dépêchez-vous.

— Enfants, jeux, cubes, simples, oui.

— Il est trognon, il cavale à quatre pattes, dit Diane.

— Il va se coller des crottes plein les genoux.

Jean Ju lui met un cube, puis un autre, un autre... En tout il en sort dix. Le gamin et son pater, un brun à moustache, s'amusent à monter les dix cubes en pyramide. La maman, qui porte une casquette, les prend en photo.

On remercie Jean Ju, on remonte dans l'AX.

L'abribus, la fontaine, Charlotte et Johannes sont déchaînés. Ils me couratent autour de la fontaine et Jules me coince entre deux caisses garées sur la place et Johannes la pédale et sa catin de meuf me chopent aux jambes et m'envoient dans la fontaine et je gueule espèce de pédale et de catin, vous.

Ils me rejoignent ils veulent me noyer, je sais bien qu'ils rigolent mais moins fort, je bouffe trop d'algues, je me débats et je gueule et rien à battre les voisins on leur pète au nez. Et même madame Marie Mé.

Elle nous aime tellement, on pourrait tous passer lui péter au nez, elle irait quand même nous chercher un paquet de biscuits.

On récupère sous l'abribus. Diane nous fait voir ses doigts de pied, elle dit faut que je prenne rendez-vous chez le docteur indien. Charlotte en profite pour rappeler à Johannes que lui aussi, t'as vu ton épaule, il faut que tu ailles le voir. Jules n'aime pas qu'on parle du docteur indien, il perd une dent. Jules, toi aussi, ton ventre en cul... Ça jette un froid.

Un vestiaire de foot à la mi-temps d'un match où l'équipe perd déjà quatre zéro. Ça verse dans le règlement de compte, chaque joueur tire dans les pattes de son voisin, de vieilles histoires remontent à la surface. Jules ressort à Johannes le coup d'il y a deux mois quand tatati... et d'autres histoires dont le vestiaire se passerait bien. Du coup il jarte du banc, Jules, retire son tee-shirt, caresse son ventre en cul, vous êtes contents de vous ? et va se poser sur le rebord de la fontaine.

Il fait nuit, il nous tourne le dos, il boude, il se gratte le ventre. À moins qu'il se branle. Ça réveille Johannes. Oh, Jules, tu fais mumuse avec popaul ? Laura nous laisse, demain elle a des épreuves. Tu te tapes une queue ? Charlotte demande à Johannes de faire moins fort, les voisins, patati, et Jules, tu sais bien comme il est susceptible.

Jules est beau, là-bas. Sous un lampion, au fond la maison de madame Marie Mé, le balcon.

J'y vais, avec Diane on remonte vers la maison. Il veut tuer Johannes, le pauvre Jules. Faut que je lui brûle sa poubelle à lui. Que je lui brûle sa copine, aussi. Ah, elle met ses chaussures à talons. Ces deux-là, c'est des profiteurs. Je suis sûr qu'ils sont mes potes juste parce que j'ai deux ventilateurs dans mon salon.

— Tu veux ma fin, Jules ? lui fait Diane en lui donnant sa fin de Camel.

— Merci Diane.

On se pose sur le muret devant notre maison, il lâche la cigarette dans l'égout, par la grille.

— Comme si c'était déjà pas assez la honte d'avoir un cul à la place du ventre.

— Je me demandais, je dis à Jules, t'as quoi à la place du cul ?

— Tu veux voir ?

Il se retourne, baisse son short et c'est un rideau, de peau, le dos qui continue, sans os, une toile de peau libre, qu'il soulève et dessous c'est un cratère. On s'attendait à de la chair, c'est un cratère nickel. Une coupole, lisse. Et puis de l'autre côté tout ce qu'il faut, pour pisser, se branler.

Diane lui passe le bras, lui pince la nuque comme à son chéri dans un moment de déprime. Il me demande t'as déjà eu des hémorroïdes dans le nombril ?

Les autres se ramènent et Johannes présente ses excuses à Jules.

— Oui, c'est pas la première fois que tu t'excuses, toi, lui retourne Jules.

Et c'est pas la première fois qu'il les accepte, Jules, les excuses de Johannes.

Dans l'AX, puis chez Jules, et j'ai le ventre qui gronde, une conserve de betteraves, une assiette tirée de l'égouttoir. Changement de clip, la fille a un beau cul. Et c'est moi qui ai le plus beau cul de la terre, dit Charlotte. C'est à cause du festival de Cannes. Tellement elle s'entraîne à monter des marches, grimper tous les escaliers.

Je vais poser mon assiette vide le fond rouge sang de betterave dans l'évier de la cuisine et au retour je m'arrête devant les ventilos, qui me gonflent le tee-shirt et je reste planté là, en bibendum face au petit monde, leurs tronches de mômes au coin de la télévision et moi en montgolfière, je prends de la hauteur. J'aurais envie qu'on soit une équipe de foot qui gagne. On se saute dessus, on fait une montagne de nous, coup de sifflet final on exulte, on se prend toute la smala par les mains et on file saluer le kop et on fuse sur le gazon du stade Bonal, Sochaux, l'équipe du coin, la plus belle pelouse de France.

On se contentera du jardin de Narbé le voisin de Jules. Mario le cousin de Johannes nous a rejoints. Deux heures du matin, sous la lune, sur les bancs de la terrasse, ce qu'il en reste, autour de la piscine dans laquelle flotte même un ordinateur. Dans le poste de Johannes c'est de la soul, sur la grille des merguez, et c'est marrant parce qu'on est blancs, on est dans le Jura, et on bouffe des merguez en écoutant de la soul.

Une seule explication à ça, nous sommes des gangsters.

On serait des bidons si on écoutait de la techno.

On écoute de la soul.

Il y a ça, aussi. Devenir un gangster. Une famille de personnages, on peut aussi une famille de mafiosi.

Mario, qui part en Espagne demain, nous demande ça dérange si je chante un petit quelque chose ?

— Bien sûr que non Mario.

— Bien au contraire Mario.

— Oh dis donc tu chantes bien Mario.

— Si t'étais américain, t'enregistrerais avec Sinatra, lui dit Diane.

— Avec Kurt Cobain, pendant que t'y es.

— C'est qui, lui ? lâche Charlotte.

— De quoi, c'est qui ? fait Jules.

— Ben je sais pas, Kurt machin, là, fait Charlotte.

— Oh, un vieux type, dit Johannes.

Laura s'endort et ça lui donne une de ces sales gueules. On va mettre ça sur le compte de la fatigue. Les révisions et la tension, le stress de l'examen. Avec la fatigue on surveille moins sa mine, on se laisse aller. Encore que. Il y a ceux dont on dit qu'ils ont la classe naturelle. Même fin morts ils ont l'allure qui tient la route. Et c'est physique, rien d'autre. Pour peu qu'on ait les traits qui se détendent comme de rien, à peine on s'oublie ça nous donne une tête d'endive.

Le charisme, le magnétisme du grand acteur hollywoodien, c'est l'affaire de Johannes, ça. Si on a vu *Terminator*, on voit qui est Edward Furlong et on peut se faire une idée de la petite magie qu'il dégage, Johannes.

Le soleil ne va pas tarder, Jules propose qu'on change de maison, si vous voulez bien me suivre chers amis.

Jules ce n'est pas la même chose. Il serait plutôt le type dont on dit qu'il a une gueule. Il n'a pas encore sa vraie gueule, mais il en aura une, disons à quarante ou cinquante ans. Il aura une de ces gueules sur lesquelles on devine des bastons de bar, des querelles avec les femmes, toutes les horreurs qu'il aura endurées à cause de l'alcool, de tout le reste. On distingue le crayonné des rides et des crevasses, le visage taillé au burin, tout sera gravé là.

Ça me fait chier, je ne vois que ça chez Jules.

Il finira gros nounours et on dira, lui, la vie ne l'a pas épargné.

Et Mario continue de chanter. On a allumé la télé, on essaie de roupiller. Je crois qu'il ne faut pas que je m'occupe du flingue cet été. On ne dirait pas mais je suis nerveux comme type. Enfin, ça m'arrive. Je ramasse le polochon de Jules et je le lui foutrais bien dans la gueule à ce Mario pourri.

Qui continue de chanter.

Et moi mon truc c'est la tempête intérieure sous des traits de grand beau temps, les oiseaux sont amoureux des petites fleurs, les poissons vont se marier avec les pêcheurs.

Pas broncher. Pas un rictus, pas un regard de travers.

Et il continue.

Et si à la place de la télé c'était une cheminée d'hiver, j'irais y piocher une bûche braisée, je la lui flanquerais dans le bocal comme à un bébé qu'en peut plus de chouiner on lui colle sa totoche, cloc.

Pas broncher, Lionel. Tout doux.

Que de la gueule.

Le centre ville de Lons est interdit aux voitures les soirs de Fête de la musique, je trouve une place devant la MJC. C'est la ratatouille, on se mélange, et Diane tape deux bises à un môme qui se trimballe un dauphin au bout d'une ficelle. On l'attend, Jules me tire par la chemise pour laisser passer un papa avec ses jumelles dans une poussette deux places. Diane me court à la tronche, c'était lui Gaétan le gamin du baby-sitting, tu sais, celui qui m'aime. Ça ne me dit rien. Plus loin je dis à Diane c'est pas lui ton Gaétan ? en désignant un môme avec une licorne au bout d'une ficelle et je me prends un vent. Il est tôt, les papas sortent la marmaille. Les pochtrons n'attendent pas, eux. Un type déjà plein qui chante quand je serai dans la purée, reviens à moi ma tendre aimée. Je m'arrête devant la mère Sandra, une relique du conservatoire de musique, minuscule, blonde, grosse, une choucroute sur la tête. Cette Sandra, tous les ans, devant le théâtre elle taquine son orgue pour trois dames, là, jamais plus de trois bigotes. Charlotte s'énerve du nombre de pouffes qui matent Johannes. Du nombre de pouffes tout court. Elle dit, ici c'est Pouffe Land. Celle-ci je vais lui broyer le squelette. Celle-ci elle avait des nichons énormes l'année dernière, regarde-la elle a dû se faire liposucer. Putain elles te zieutent, poussin, elles sont folles de ton corps, elles voient à travers ta chemise et elles bavent sur ton torse. Mais Johannes n'interprète pas pareil, il dit elles se foutent de ma gueule, à cause de mon épaule, Lionel tu veux pas me prêter ton épaule? C'est pas le moment, je lui dis.

Jules reçoit un appel de JF qui lui gueule t'es où? et on le retrouve devant le Léonze Café. Il est avec Magali, merde. Je sens qu'elle ne va pas nous lâcher de la nuit. En plus Charlotte lui chatouille le cou à Magali, lui dit c'est quoi ce pendentif? et Magali répond c'est une croix celte.

Ça me donne envie de me suicider.

Une femme en brosse avec les pointes blondies. Ah, les femmes en brosse. Si on revoit les images dans vingt ans, je parie que les femmes en brosse elles nous feront le même effet qu'un film des années soixante-dix, les types avec leurs dégaines de hippies.

Des tongs et des diamants dans le nombril et Diane regrette d'être venue, elle boude les bras croisés sur ses petits seins et crapahute sec et se retourne pour vérifier si ça suit et on finit par la paumer et Diane c'est la seule qui n'a pas de portable. On sert la pince à Michael, les filles lui font la bise, moi je vous laisse, je trace, visite chaque trou à rats. Un groupe de lycéens, tous déguisés en personnages de dessins animés, je pète une pile. Un mec Bart Simpson, je pète une pile. C'est nous les Gorillaz. Vous me faites pitié les gamins.

C'est nous l'opéra gosse.

Je fais la queue pour une barbe à papa et c'est l'ami Zuile qui m'accoste. Il me dit ma copine va venir une semaine à Clairvaux, après on s'arrache deux mois au Pérou, je prévois une grosse chouille à la rivière pour notre départ, je te tiendrai au courant.

Philip et ses sbires qui se défoulent sur un clochard dans un coin de rue. À Foncine, à Clairvaux, il n'y a pas de clochards, les barbares ils en profitent quand ils descendent à Lons. Ça colle à leur logique, tout ce qui dépasse, les marginaux, les paumés, les corps débiles de Tchernobyl, comme ils nous appellent.

Ça c'est pas des conneries. De tous les départements de France, le Jura est celui qui a été le plus abîmé par Tchernobyl. Et dans le Jura, je blague pas, le coin le pire c'est Clairvaux.

Mon portable sonne, c'est Diane qui m'appelle d'une cabine, je lui dis bouge pas.

Puis on monte chez Meyer, un magasin de bonbecs, et Johannes achète des pétards, des petits tigres. Charlotte et Magali traînent derrière, on fait signe à Charlotte de se magner, Magali nous tourne le dos alors on envoie des grimaces genre elle est soûlante c'te Magali, qu'elle se casse, allez Charlotte, dépêche.

Johannes et JF nous balancent des pétards dans les pattes. Magali se barre, cool, va retrouver sa maman devant le cinéma Régent, à plus Magali. Jules glisse un tigre dans une boîte aux lettres et à une fenêtre on entend rire une femme. On s'excuse pour le dérangement mais elle rit de si bon cœur, ha ha ha, vous avez bien raison les jeunes.

Devant le collège Rouget-de-Lisle, le gars de la Marseillaise, qui est né à Lons-le-Saunier, voilà pourquoi, JF est persuadé que c'est la Bac qui vient de passer et moi je suis tout aussi persuadé que c'était pas la Bac, c'était une Focus. Jules assure que non, c'était pas une Focus. Je dis la Bac elle tourne en 306 bleue. JF dit ouais la Bac elle est chez Peugeot. Johannes dit elle va bientôt passer chez Citroën. Jules l'a déjà vue tourner en 806 grise.

Diane n'est pas bien, en a marre, veut rentrer.

— Sérieux ? lâche JF.

— Oui c'est sérieux, répond Diane.

— Bon bah... rentrez bien.

— C'est Mario qui lui manque, lance Johannes.

— Non c'est pas Mario, fait Diane.

— Bon allez, à demain.

— À plus, nous dit JF.

Des têtes connues. Un qu'était au lycée, dans ma classe. Je le repère, il me repère, je ne lui manifeste aucun signe d'intérêt. Qu'il s'imagine que je ne me souviens plus de lui. Moi j'ai zappé cette vieille vie de môme, je me suis accompli et toi t'es toujours la même merde. Je suppose que je suis regardé alors je me mets à jouer — sûrement que lui aussi —, j'oublie Diane dix secondes et me fourre les mains dans les poches et shoote dans un paquet de cigarettes News.

— Je vais te dire ce qui m'a trotté dans la tête toute la soirée, me sort Diane.

— Dis-moi.

— Toute la soirée je me suis répété que si on me proposait d'être kamikaze en m'assurant qu'ils y resteraient tous, je m'engagerais.

— Ce serait bête.

— C'est ce que j'avais dans la tête.

— Faut te la couper, la tête. Faut pas que ça reste.

— J'te jure, ça me soûle d'être comme ça. Pis regarde-les, eux.

Dans un coin de rue, quatre énormes baffles et une platine et deux blaireaux gominés qui balancent de la techno daubique. Une tripotée de pouffes et de benêts qui se frottent, les mains se baladent, les pouffes ne disent pas non.

— Ils font bien ce qu'ils veulent.

— Ils me dégoûtent.

— Ils t'ont rien fait de mal. Pourquoi ils te dégoûtent?

— Je sais pas. C'est physique.

Elle voudrait que je les écrase tous. Que je les empile tous sous l'AX. Et on grimperait jusqu'à la lune et on squatterait là-haut rien que nous deux. Quand je me suis paumée, je bondissais. Je me suis payé une marelle géante sur chaque cocotte. Chaque tête de nœud c'était une case de la marelle. Je prenais mon élan, j'avais des ressorts aux semelles, je filais comme une balle. Je déquillais chaque boule, je glissais sur le Pento. Et je flambais. La môme caïd. C'est moi Diane du trois-neuf. Je faisais des bonds et je lui effleurais l'esprit à son tour à ce crétin, je les déteste, je les enfonçais, gloup gloup, et un de moins, va te cacher, un autre de moins, gloup, la ville de Lons-le-Saunier rien qu'à moi. Et je traverse l'histoire du rap comme tu me l'as enseignée frérot, je fuse tel un snow de tel flow à tel slow. Bow Wow. Et ça traîne mais moi je ne traîne pas j'enchaîne cash, je scratche et Shaq O'Neill smash, gooooal (elle s'écrit). Thierry Henry tu me manques (elle crie). Thierry Henry aux platines, je plane avec Tim Montgomery, un homme rapide, sur ses épaules, je lui plante mes griffes dans les tifs et merci taxi, qui me dépose là-haut, et je m'endors sur ton dieu, MF Doom (Yo). Je suis bien vivante, je suis seule puis je te trouve, toi, mon frangin, Lionel, putain, dis-moi, jusqu'à quand aura-t-on besoin l'un de l'autre ? On va se perdre, tu crois ? À qui je raconterai mes malheurs quand tu seras mort ? Oh on est fou. Tu es fou, toi. Vous êtes fou, mon frère. Je vous aime fou.

Je ne verrouille jamais quand je suis chez Jules, le Jura est sûr. Narbé qui sort de son garage. De retour, le vieux voisin. Mal luné, en colère, remarque il y a de quoi. Il vient m'agresser, jeune homme tu es mal garé, je préfère que tu te gares sur les marquages blancs au sol, et il se gratte les tifs.

Narbé, faut voir sa tignasse le chantier que c'est. Un genre de self-service pour mouches à merde. Je dis pas un rasta, et pas non plus un homme préhistorique, c'est un type bien mis, bien sapé la plupart du temps, mais alors ses cheveux c'est pas croyable, on y trouve de la cire de bougie, de la mousse à raser, des morceaux de bois et des bouts de plastique à n'en plus finir.

Il rogne tout ce qui traîne ce foutu lapin givré, et après je suppose qu'il y crache en l'air pareil qu'un ongle, t'sit, et ça lui retombe dans les tifs, voilà.

— J'ai vu Narbé, je dis à Jules en lui claquant la louche puis poing contre poing.

— Tu veux des dragées ? me lance Charlotte. Mes parents étaient de baptême.

J'actionne les ventilos et je me pose dans le canapé.

— Il est venu te voir, pour le bordel ? je demande à Jules.

— Il dira jamais rien.

Mon portable vibre, c'est noté *maison.* Papa Gustave me dit que trois agents de police sont à la maison, ils t'attendent.

C'est justement rapport au jardin de Narbé. Paraît qu'il a mené une enquête dans le voisinage et qu'un vieux, et je vois lequel, celui qui a passé la semaine à sculpter sa haie, eh bien ce vieux aurait relevé la plaque d'immatriculation de l'AX, l'aurait communiquée à Narbé qui l'aurait filée au Naïne Ouane Ouane.

J'hésite à leur proposer des bières, je ne sais pas si ça se fait.

Je me rappelle la tête du vieux qui taillait sa haie. Il nous reluquait louche.

J'écoute le rapport, vous avez craqué la bâche de la piscine, défoncé un banc, défoncé les chaises de jardin, piétiné le potager. Il y avait des mégots partout, des canettes, des meubles et des fleurs qui flottaient dans la piscine. Je boirais bien une petite bière.

Je dis que ces derniers temps je suis souvent venu chez mon ami Jules, c'est vrai, et un soir on a noté du grabuge chez son voisin. On a voulu intervenir mais les mecs sont partis en courant. Ils me demandent qui était avec moi ce fameux soir. En gros ils me demandent de balancer mes potes. Alors oui vas-y mouton, balance ta famille, bien sûr. Mes amis alors ils s'appellent Renaud Lartigue, Gilles Cheval, Jean-Léonard Du Château, et ils grattent ces abrutis du Naïne Ouane Ouane. Je leur dis Jean-Léonard, eux ils grattent. Je pourrais dire Paris Hilton, ils broncheraient pas. J'essaie? Paris Hilton c'est peut-être trop gros. Je dis Patrice Hilton. Et ils grattent. Et merci jeune homme.

Je les retrouve sous l'abribus et Jules me dit t'inquiète, Narbé il savait pas que c'était la plaque d'immatriculation de ta caisse, t'inquiète il va laisser tomber, il a pigé que je suis dans le coup. Narbé, il est tellement fou amoureux de ma mère.

— On a quand même envoyé l'ordinateur dans la piscine, je dis en riant.

— Ouais mais imagine ma mère ce qu'elle va penser de lui si elle apprend qu'il a porté plainte contre moi.

— Je savais pas que Narbé il était dingue de ta mère, dit Johannes.

— Il est à fond. Ça fait des années. T'sais,

Narbé c'était ma nourrice quand j'avais six ans. Je rentrais de l'école, il m'avait préparé des tartines de confiture à la rhubarbe et des verres de jus d'orange.

— Et ta mère elle est au courant qu'il est amoureux ? demande Diane.

— Tu parles, à chaque fois qu'il revient d'un voyage il lui offre des souvenirs. Et pas des bibelots genre attrape-couillon, t'sais, il joue les grands seigneurs. Il lui ramène un extrait de rêve. Il lui ramène un bocal avec du sable ou de l'eau de mer. Tu vois le genre. Et sur le bouchon du bocal il inscrit au feutre *sable de Libye, eau de l'océan Pacifique*.

Pendant que ma petite sœur se fait examiner, trifouiller les yeux et les doigts de pied par le docteur indien, je picole à l'ombre, la terrasse du Grand Café du Théâtre, Lons-le-Saunier.

Une serveuse pas belle me dépose ma pinte et je la remercie sans la regarder. J'oriente ma chaise pour ouvrir sur la place des jets d'eau où des gamins s'amusent à zigzaguer entre les jets d'eau. Devant les jets, sur les plots, de dos, deux belettes se font accoster par un jeune boy à lunettes de soleil. Une des belettes remonte son fut' par l'arrière, son string dépassait mais alors sévère, c'était abusé. Le boy ne s'éternise pas et leur fait un signe de la main. La fille au string abusé se lève et va quelque part deux minutes et quand elle revient, fiou... ça c'est de la pouffe en puissance, je me dis comme si j'étais Diane.

Peut-être s'appellent-elles Anaïs et Amélie. Et je serais pigiste au *Progrès*, chargé de rédiger un article sur les deux vainqueurs ex æquo de l'élection de Miss Pouffe Pays jurassien. Je finirais par tout savoir. Pourquoi cette fierté de merde qu'elles cultivent à coups de cambrures disgracieuses, gros derches trop moulés, et ça tord ça tord, et les nichons qui pointent, les tartines de fond de teint, épais traits noirs pour se niquer le regard, accentuer l'air vorace toi tu me reluques pas plus de cinq secondes ou je t'arrache les trous de nez.

Je commande une autre bière. Je pense à New York, même Paris, ces grandes villes où on peut se promener habillé en vert de la tête aux pieds sans se faire railler. Là-bas, nos pouffes passeraient pour de grosses coincées.

Villes où l'on croise dans les rues, dans les tramways, des gosses entre dix et vingt ans à fond sous leur musique qui ne se sentent plus, vas-y c'est le Zénith et tout le monde la main en l'air, trois cent vingt mille spectateurs et tout le bordel. Ces gosses qui investissent (comme on dit) le trottoir, tranquilles, zigzaguent et se déhanchent et accompagnent la dégaine de leurs mains qui tranchent l'air et surtout ne regardent personne, rien à battre, têtes baissées je sais où je vais, je trace mon chemin sur cette planète de clampins, oui je ne tiens pas en place et désolé si je vous fais pitié ou si toi le benêt je te colle un sourire à la face, moi quand George Clinton me tabasse le pouls je ne peux pas rester figé dans ma veste, les tripes et les nerfs ligotés, ma clope au bec, mon sac de courses Shopi.

Ici c'est minuscule, c'est l'est de la France, pas l'east coast du Wu-Tang Clan, ça raille et puis ça trouille.

Quand j'avais huit ans, il existait un groupe de garçons qui s'appelaient les Kriss Kross. Leur marque de fabrique, ils s'enfilaient leurs jeans à l'envers. Je les copiais, dans ma chambre. J'allais voir dans le miroir de la salle de bains ce que ça donnait. Jamais je n'ai osé sortir dans cet accoutrement, aller à l'école ou juste faire les courses. Peut-être qu'à New York j'aurais osé.

Peut-être que Johannes aurait osé.

Peut-être que si j'étais une fille, je serais amoureuse de Johannes.

Même sans être une fille. Si on me demandait à quel mec j'aimerais ressembler, je dirais Johannes.

Le retour dans l'AX, Diane porte un pansement sur l'œil droit. À la maison va chercher dans sa chambre une paire de lunettes de soleil. Chez Jules tape la bise à Laura.

— Heu... on s'est vues c'matin, non? lui fait Laura.

— Oh oui j'suis cruche. En tout cas, tu sens bon.

— Ça doit être le gel douche.

— Pamplemousse ?

— P't-être.

Les trois filles vont dehors. Elles emportent une bouteille de Malibu et une brique de jus d'ananas.

Les trois mecs sur le canapé, Jules nous raconte, j'ai une super idée les mecs, faudrait se comporter dans la rue pareil que les rugbymen sur un terrain, qui se malaxent, qui s'attrapent aux cuisses et qui s'empilent les uns sur les autres.

— Toi t'es en manque d'amour, lui jette Johannes.

— Je suis en manque d'amour ?

— T'as le feu au cul. Ça se sent.

— Dans ce cas-là, les rugbymen...

— Le rugby c'est un sport, bouffon. Dans la rue on va pas tous cavaler comme des bourrins avec chacun son sac à main coincé sous l'aisselle, se flanquer des coups d'épaule pour avancer, déquiller le maximum de types.

— Ce serait marrant, dit Jules.

— Toi, faut que tu baises.

On sort, les filles sont assises devant, en tailleur, les trois adossées à la porte du garage de Narbé. Elles picolent à même la brique d'ananas. Elles nous accueillent en se fendant la pêche, je ne sais pas pourquoi. Elles nous insultent puis elles se regardent les trois en se fendant encore plus la pêche et nous lancent on est rondes comme des boulons, les garçons. On voudrait bien vous chanter une chanson, une chanson douce ou une chanson d'amour mais on a un souci c'est Diane.

C'est Charlotte qui s'exprime.

— Moi je chanterais volontiers pour mon poussin Johannes. Je crois que Laura, hein la Laura...

La Laura qui glousse dans sa paire de gros lolos.

— Laura ne serait pas contre susurrer un petit air pour un certain Lionel, hein Laura, hein Lionel que...

Jules rentre, claque la porte.

Diane n'est pas amoureuse de Jules.

— Diane n'est pas amoureuse de Jules, répète une voix niquée qui vient d'on ne sait où.

Peut-être Narbé, peut-être le fantôme de la grand-mère de Charlotte qu'est morte l'année dernière.

— C'est la buse Castoche ! s'écrie Laura.

La buse du père Castoche, un vieux avec des tuyaux dans le nez et une boîte à oxygène qu'il se trimballe au bout d'une sangle.

— Diane n'est pas amoureuse de Jules, répète-t-elle en se laissant planer, du toit à l'épaule de sa copine Laura.

— Qu'est-ce tu fous là, buse Castoche ? lui demande sa copine Laura.

— Je passais par là... il m'a semblé reconnaître mes petiotes faces d'anchois.

Je remarque que la buse a une croûte dans l'œil. Je n'ose pas la lui enlever. On n'est pas super-intimes la buse et moi.

— Bon, ces vacances ?

— Les vacances ? gicle Laura. Tu baragouines, buse. Moi je passe le bac en ce moment.

— Bah ma foi... et la buse me jette un clin d'œil. T'es une bûcheuse, toi, non ? et encore un clin d'œil.

Charlotte et Johannes vont voir si Jules ne s'est pas pendu ou quoi. Laura propose le petit chemin qui mène chez Zuile, pour une errance nocturne accompagnée d'une buse, d'une sœur, d'une future chérie.

— Tu parles d'un temps, dit la buse.

— Intenable, dit Diane.

— Y'a que dans la cave qu'on est bien, dit la buse.

Son nom de jeune fille à la buse c'est Tcherno. C'est Tchernobyl. C'est pour ça qu'on est amis.

— À Shopi on est bien, je dis à la buse. Hein qu'il fait frais à Shopi, je dis à Laura.

— Hin hin, lâche Laura dans le vague.

— J'y suis allée hier avec le vieux, dit la buse, on a cru pénétrer dans un igloo. La petite caissière, boh oui elle grelottait.

— Hin hin, dit Laura, puis un pas sur le côté pour laisser passer Diane et elle me prend la main.

— On ne sait plus quoi manger, dit la buse. On n'a rien envie de faire. On dort mal.

— Hin hin, je dis.

— Moi je dors toute nue, dit Laura.

Je sonne chez Zuile et il est là, tout seul, il

nous invite à l'apéro. Sa petite cuisine, il distribue les verres. Il ne connaissait pas la buse, il est enchanté.

— T'as des soucis aux yeux, toi, lance la buse à ma sœur Diane.

Elle retire ses lunettes de soleil.

— Un pansement tellement il morfle celui-ci.

La buse crispe le bec, nous demande à moi et Laura comment on réagit en ce moment et je lui dis que c'est assez violent. Elle crispe le bec. Beaucoup de fleurs ? elle demande. Moi ça va, dit Laura. Moi ça dépend, je dis.

L'ami Zuile nous annonce qu'il fait sa chouille à la rivière demain soir. Après quoi il s'envole pour le Pérou avec sa copine.

— Z'êtes tous invités, demain soir, nous dit-il. Même vous, la buse.

— Oh, moi, tu sais... fait la buse.

Qui se lève. Enfin, façon de dire.

— Allez mes petiots mômes, j'vous souhaite du bon temps.

Et je tape une bise à la buse. Ah, il est content.

Diane, deux heures de salle de bains, je feuillette le programme télé, je suis stressé, je ne sais pas. Je monte dans ma chambre et me jette sur le pieu, me relève, choisis une bande dessinée.

De Daniel Clowes, *Ghost World*.

Sauf que je ne suis pas tout à fait d'accord avec le titre.

S'il doit y avoir des fantômes, je dirais les touristes.

Dans le Jura, une majorité de Hollandais.

Sauf que Daniel Clowes est américain.

Il n'y a peut-être que des touristes aux États-Unis.

Mais tous les gangsters, et Hollywood, tous ces enfants. En fait, ça n'existe pas. Ils dorment. Le monde réel c'est la nuit des morts vivants. Le jour c'est la face cachée, c'est la fabrication, d'un autre monde. D'un nouveau monde. La nuit c'est la récréation. Et le jour c'est l'organisation, la rigueur, la sueur, la discipline.

L'AX, Jules et Johannes en scoot tracent en tête. La rivière s'appelle le Drouvenant. On passe devant un lac qui s'appelle le lac des Rouges Truites. J'appelle Zuile, il est raide, il pige rien, je lui dis on est dans la forêt, on longe le Drouvenant, entre les deux montagnes et ce déchet de Zuile il me dit les deux montagnes? p'tit Lion t'as dû t'égarer sur le buste de ma maman. Et hop c'est une fille à l'appareil, oui c'est Caroline excuse-le il est dead, là. Elle me dit on est au dernier parking, tu verras il y a deux camions Merco blancs.

Je double les scoots. Les vans Merco je connais, des vieux types qui vendent du fromage sur les marchés. Les deux vans Merco blancs et rien que des pauvres tires. Au moins l'AX ne va pas se payer la honte au milieu de ce paquet de tacots.

Jules balance son casque dans le coffre. Johannes s'essuie les yeux d'avoir roulé sans casque.

On chope quelques cris.

Diane se tient à la capuche de mon sweat.

— Hé, bonjour les gens !

— Ces taches... je dis à voix basse.

— Hay carlrlramba !

— Tain, ils ont la forme, dit Johannes.

— Mais c'est Lionel !

— Hé, Loïc, tu vas ?

— Bonjour tout le monde, nous lâche un type.

— Bonjour les gens, nous lâche un type.

— Salut.

— Oh, p'tit Lion... C'est pas vrai...

— Tiens, toi. Ça va ?

— On va te faire une place...

— Bonjour, je fais à la fille à côté de David.

— Je suis Caro.

— La fille du téléphone ? Ah bah...

— Ouaip'.

— P'tit Lion, qu'est-ce tu racontes ?

— David, on t'attend ! gueule un type debout dans le fond.

— Scuse, p'tit Lion. Je devais aller chercher du bois avec Jérôme.

— Jérôme... Jérôme ?

— C'est lui, là-bas.

— J'avais pas reconnu sa voix. Oh, Gégé...

— Oh Lionel, me fait Jérôme en levant le bras.

Ce Jérôme, je lui serrerais la pince pour rien au monde. Au lycée ça me rongeait, c'était le type il donnait juste les doigts ramollis, jamais une vraie poigne.

— Hay carlrlramba...

— Lui c'est mon frère, me dit Caroline.

— Il pète la forme.

— T'en veux une ? me fait un gars qui se retourne.

— C'est des sardines ? je demande au gars.

— Ouaip'.

— J'en veux bien une...

— Avec du pain ?

— Ouais, s'te plaît.

— Il est où le pain !

— Le pain ?

— Aïe... Je remercie celui qui vient de me larguer la baguette sur le crâne. Qui c'est qu'avait demandé le pain ?

— Lui, là-bas.

— Tu chopes ?

— Merci. T'en veux un bout ? je fais à Caroline.

— J'en ai déjà mangé trois, merci. Mais y a des chips qui traînent. Ce serait sympa de faire tourner les chips ! gueule Caroline dans le vide.

— T'aurais une clope ? je demande au gars des sardines.

— Tu veux une clope ?

— Ben...

— On a de la weed, elle est mortelle, me fait un autre type à côté.

— Hé les mecs, matez ce morceau de bois, gueule Jérôme en brandissant un genre de machin...

— Tain le molosse.

— Pas du morceau de bois de pédé, gueule Zuile qui revient de la forêt derrière David et Jérôme. Hé Lionel, t'es arrivé !

— Ça va ?

— Oh les amis, il lance à Diane et tout. Restez pas à l'écart. Vous formez un clan à part, c'est pas dans nos traditions, ça. Faites-leur une place.

Les visages sont rouge vif. Bien sûr il y a le bronzage. Les lueurs du feu, surtout. La chaleur, tout bêtement. Qui nous active la circulation. Et puis le chichon. Oh putain Zuilo il a les yeux ravagés. Il me présente sa copine, une blonde avec des dreadlocks. Elle me dit ah c'est toi le petit Lion, le mec qui a gerbé sur le tapis. Je dis oui. Ils se cassent.

— Je t'avais promis de la weed, toi, se rappelle le gars des sardines. Tu vas pas rester comme ça toute la soirée.

— De l'excellente, me lâche un benêt avec les cheveux au bol.

— Elle vient d'où ?

— De Suisse, attends.

Je savoure, les yeux dans le feu. Caroline aimerait sûrement me. Je cherche Laura à travers les flammes. Je tombe sur. Je le connais, ce troufion. Il était dans ma classe en seconde et son prénom c'est Sylvain. Il s'assied plus loin à ma droite, je le vois en entier et j'observe avec attention parce qu'il avait des tocs au lycée. Il en a bavé, au lycée. Personne ne le bananait de trop là-dessus mais il souffrait. En seconde, oui. Seconde 4. Sylvain Bigume.

— Ça gaze ? me lâche Jules qui passe derrière.

— Tu rentres ?

— Non, ça va.

— Vous vous faites pas trop chier ?

— J'te jure, ça va. Je viens prendre des bières.

Diane et Laura se sont fait accoster par des types. Je vois la scène : ils posent des tas de questions et après ils s'excusent d'être un peu lourds mais tu trouves pas que c'est cool, ici. Après quoi ils leur citent des philosophes et des poètes, et Diane acquiesce poliment et Laura les corrige, la citation exacte c'est nana... pas nunu... et les gars s'inclinent et de fait s'intéressent d'avantage à Diane.

— J'aime bien ces piaillements, me lâche Caroline.

Les canards et les poules d'eau.

— Je vais aller me tremper les pieds, je dis à Caroline en lui posant une main sur l'épaule, en me retirant de l'oreille la clope de l'autre pagu des sardines.

Je garde mes tongs. Tourne le dos à la rivière, m'allonge sur la caillasse sur le ventre. Une trentaine de peaux rouges autour d'un brasier comme la racine d'un arbre géant dont le tronc serait le faisceau de fumée qui s'élève sur trois ou quatre mètres avant de se confondre avec la nuit. Pas un seul nuage. Le faisceau de fumée criblé d'éclats de braises qui voltigent puis retombent. Puis ça crie. C'est le pagu des sardines qu'a voulu jouer le fakir ou je sais pas, enfin il se crame le short et il me déboule dessus ce dégénéré et il se jette à l'eau. De gros moulinets. Quelques-uns le rejoignent après s'être dessapés, les autres s'assoient. Diane vient s'asseoir à côté de moi.

Je la prends dans mes bras et je n'ai rien à lui dire. Je vais lui chercher une couverture et quand je reviens, Charlotte lui cause à l'oreille.

— C'est bon, Charlotte. Laisse-la avec moi.

Charlotte remonte et j'enveloppe Diane, qui s'écroule, tel un cocon flou. Le bruit de ceux qui se baignent, de ceux qui se marrent, plus les canards et les poules d'eau. Quelques éclats de lumière dans la forêt, les torches d'un couple qui baise, d'un bouffon qui chie, je sais pas. Ou les envahisseurs, je sais pas. Je remonte.

— T'aurais pas un briquet? je demande à Charlotte.

— Va te faire enculer, toi.

— Bon.

— Putain mais Diane c'est ma meilleure amie. J'ai quand même le droit de lui parler.

— Ça recommence...

— Bah oui, chaque fois que t'es là c'est pareil. Quand t'es là on dirait que personne n'a le droit de l'approcher, ta sœur. Tu te rends pas compte. Moi aussi je la connais.

— Je sais, Charlotte.

— Bah non, tu sais pas.

— Détends-toi, hé. T'es gentille, okay, c'est ta meilleure amie et tout, vous faites des tas de trucs ensemble et tout.

— Oh les amoureux ! nous crache une merde qui remonte de la rivière une serviette *Le Monde de Némo* autour de la taille.

— Laisse-nous, toi.

— Mon pote, moi j'aime pas voir des humains tristes. Et toi tu me fends mon cœur sensible, il dit à Charlotte. T'es belle comme un jour de printemps et je vois des larmes qui te perlent sur la joue, moi je me sens obligé d'intervenir parce que moi...

— Putain mais laisse-nous, oh.

— Zen, mon ami. Reste cool.

— J'aime pas ta gueule, je lui gicle. Et j'aime pas ta voix et j'aime pas *Le Monde de Némo*. Enfin je l'ai pas vu... T'aurais pas un briquet, tiens ?

Charlotte se lève et part vers la rivière, s'engouffre dans le sombre. J'allume ma... je lis au-dessus du filtre, une Pall Mall. Je retrouve Caroline.

— Ça va pas ? elle me dit.

— C'est rien.

— C'est ta copine ?

— Oh non, pas Charlotte.

Le retour dans l'AX, vitesse moyenne vingt à l'heure. C'est qu'on n'a pas l'habitude de la fumette, nous. Laura me dit que je roule à la vitesse de la mort, je me sens dans un traîneau qui nous monte au purgatoire, Lionel. Je la porte jusqu'à une chambre, un lit. Je suis ta mort, Laura. Je te laisse le short, trop moulant, trop galère à retirer, et puis le chignon. Je m'allonge à ses côtés, me retourne, joli dos, je me retourne et m'endors.

Je me réveille dans le grand lit, la chambre de la mère, chez Jules.

De l'air frais dans le salon.

Diane et Jules m'accueillent mieux que si j'étais Zidane et Clara Morgane à moi tout seul. Aaaah, Lionel... Ah, aaah, aah... Oui ? je demande. Ah te voilààà... Oui, je réponds. Tu sais combien de temps t'as dormi ? Je regarde l'heure sur l'étagère, dix-huit heures trente... sauf que je ne sais pas à quelle heure je me suis couché alors non, je ne sais pas combien de temps j'ai dormi. Nous non plus on ne sait pas à quelle heure on s'est couchés, me sort Jules, moi je sais juste que je me suis réveillé à midi, alors... À midi ? Ça veut dire que j'ai dormi six heures et demie de plus que toi... Ça veut dire qu'à midi le téléphone a sonné, précise Diane. Et comme un con t'es allé décrocher, je dis à Jules.

— C'était ma mère, il dit.

Dans l'AX je demande à Diane si elle sait à quelle heure Laura est partie. Elle me répond un sourire, c'est tout.

— Ça te ferait chier si je sortais avec Laura ?

— J'ai mon mot à dire ?

— J'veux savoir, c'est tout.

Demain papa Gustave se barre deux mois au Mexique. On fait le tour du jardin, il m'indique quelles plantes arroser. Le basilic, tu n'oublies pas. Non, pas le cerisier. Les rosiers, oui, un arrosoir entier. Et puis les tulipes.

Grand sourire. Ne compte pas sur moi pour leur donner à boire à tes tulipes.

— Tu penses à tondre la pelouse. À sortir les poubelles. J'ai lancé une machine, tu l'étendras.

Une fête avec les voisins, les collègues, ceux qui connaissent maman.

Elle, c'est pas compliqué, un jour ça lui a pris, elle s'est arrachée du pays, sa petite famille, petite vie de famille... une initiative rien de bien original, elle est partie au Mexique.

C'était il y a dix ans. Le padre n'a pas eu envie de la suivre.

On vivrait au Mexique depuis dix ans. On parlerait l'espagnol impec. Parfois on y pense avec Diane. On serait bilingues, on serait bronzés même l'hiver, on mangerait du perroquet ce soir, de la goyave en dessert.

Tous les jours on verrait des oiseaux verts, jaunes, des tas de singes, des arbres merveilleux, aucun sapin en dix ans.

On n'en aurait rien eu à carrer du passage à l'euro, de Jacques Chirac, de l'Olympique lyonnais, de Loana et Jenifer.

On serait un important producteur de pétrole.

Seul point commun : ils ont des vaches.

On en parle avec Diane, sans pour autant être cons au point de se dire que ç'aurait été mieux.

C'est surtout pour les perroquets, les oiseaux bleus.

Le petit déjeuner sur la terrasse, sous le parasol Orangina. Johannes débarque sur son scoot dans le jardin, une roue avant et manque d'un rien de se manger le mur du fond. Pas de soucis les morveux, j'domine. Il retire son casque et le balance sur la table, le casque va heurter la bouteille de jus d'orange et la bouteille se renverse sur mes cuisses. Diane a le bon réflexe, redresse la bouteille et file à la cuisine chercher une éponge.

— Pour une fois que j'avais pensé à prendre mon casque, se marre Johannes.

Je retire mon short, le lui jette à la figure et il se l'enfile comme un bonnet et Charlotte lui fait mille compliments, ça te va super bien, si si. Téléphone de Laura, elle a eu son bac, mention assez bien, l'AX et Shopi, des bières, la route du lac, le camping, la maison de Laura, tout le long je cherche une belle phrase à lui sortir, pour la féliciter, mieux que bravo Laura.

— Félicitations mademoiselle Laura.

— Merci monsieur Lionel.

— Je suis désolé, j'aurais aimé faire plus. J'ai eu des idées mais je me suis dis que la simplicité...

— Oui ben...

— Je suis désolé. Mais bravo.

— Merci, oui.

— Merci à toi pour ce verre de... ?

— Whisky, me répond Laura.

Diane lance *Thriller* dans le poste de Johannes et Jules se lève et le corps en allumette, pareil que Michael sauf que. Ce gros bête tombe comme une planche, paf. Je suis en pièces ! qu'il brame en se roulant sur le gazon. Je me suis déboîté le buffet, tout, merde. Oh, fais voir. Fais-nous voir, allez. Il pisse le sang. J'ai plus de nez, il gueule. Il se tient le nez et il a les mains en sang.

Laura va chercher du coton, et JF arrive avec Magali, oh ils sortent ensemble ou quoi ces deux-là.

— Bah oui qu'ils sortent ensemble, neuneu, m'envoie Diane.

— J'savais pas.

Johannes se ramène sur la terrasse avec une casserole de lait chaud, se remplit un bol de Nesquik. Jules se jette sur la boîte de Nesquik et avale tout, la poudre, pure, comme un porc, et ses cotons dans les narines, et de l'autre main il attrape la bouteille de whisky et alterne une gorgée de sky, une bouffée de Nesquik, une gorgée, une bouffée.

Johannes il est clair comme l'eau de roche, qu'il dit. On lui demande t'es bourré, Johannes ? Il dit je suis clair comme de l'eau de roche. Je demande à Charlotte si Johannes est devenu vieux ou quoi. Elle me répond va chier tu pues le whisky, Lionel.

Deux heures plus tard je décuve devant la télé. Avec Jules. Laura elle a Canal+ et c'est une comédie française avec Sandrine Kiberlain.

— Il me gonfle le blair, ce pays de couilles molles.

— Tu crois vraiment que ce serait mieux aux États-Unis ? me lâche Jules.

— Au moins en Angleterre, je dis.

— Tu crois ?

— Tu sais, le rock existe, dans les campagnes anglaises. Moi, ici, mon accent du cru, tout le monde s'en bat. Écoute-les comme ils mouillent dès qu'un môme british à l'accent cockney comme ils disent sort un disque. Moi, nous, avec cette gouaille, je raconterais dans mes chansons nos vies pourries dans les campagnes françaises... et sur du rock ou du rap peu importe, je remporterais un franc succès chez les Anglais, je suis sûr.

— Et ?

— En France, je passe pour un gamin.

— Et ?

— Je suis bourré, Jules.

Et je me dis que Sandrine Kiberlain, c'est bien le genre de meuf chez qui on trouve des disques d'Alain Souchon.

Au moins le *Best of*.

J'appuie sur tous les boutons du zappeur, les six premiers, je ne regarde pas l'écran. Je bloque sur la reproduction d'une toile de Courbet sous verre sur le mur à côté de la télé. Je finis par me lever pour aller me plaquer la truffe au cadre, le titre de la peinture c'est *Les Cribleuses de blé*, elle date de 1854.

— Hein que je suis un diable, t'es pas d'accord ? me jette Jules alors que je me rassieds.

— J'suis dans le pâté, moi.

— Hein que j'suis un chef, moi.

— Ouais.

— J'suis Jules le grand chef, moi.

Je me réveille à dix heures, ils sont tous sur la terrasse, je vais m'appuyer sur l'épaule de Laura et je tente de négocier un bain dans son jacuzzi. Tu serais une fée pour moi. Je me sens crasseux et je vois rien de mieux qu'un bain avec des bulles, Laura tu serais une fée. Elle dit oui et je voudrais l'embrasser, je voudrais prendre mon bain avec elle. Je me roule une Drum puis me déshabille.

Une baignoire jacuzzi c'est réservé aux vedettes et une vedette ça fume dans son bain. J'allume ma cigarette et une vedette ça ne fume pas des roulées. Une vedette ça fume des blondes, avec un filtre, et moi je n'ai pas de filtre, j'ai les doigts mouillés, ça trempe le papier, merde.

À quatre heures de l'après-midi, entre les deux sapins, Johannes roupille dans le hamac, sa casquette sur le visage.

Tel Butch Cassidy en préretraite qui se balance pépère dans un rocking-chair. Tel un poor lonesome farmer à la Crumb Robert, salopette moisie et bobonne au cul rebondi à genoux dans l'herbe qui frotte les habits dans une bassine d'eau.

À la surface, quelques bulles de Génie.

Celles qu'inspire son bluesman de mari.

— On dirait que la tête est détachée du cou, dit Jules.

— Laissez-le dormir.

Il a la bouche grande ouverte. Il doit rêver qu'il est une mouche à merde. Ou qu'il prend une douche en écoutant N*E*R*D.

— Johannes, tu dors ? lui chuchote Jules à ras la gueule. Tu vois, il veut pas broncher, c'est qu'il fait semblant.

— T'es fracasse, toi.

Charlotte remonte du lac, serviette à la taille.

— J'ai roupillé p't-être deux heures, elle dit.

— Ton chéri aussi il en écrase, lui jette Laura. Comme un bienheureux, regarde-le.

Jules se penche sur Johannes et lui souffle dans le cou. Johannes bouge un peu, grogne un peu.

— T'as vu c'te tapette. Quand tu fais comme ça c'est que t'es réveillé.

— Putain mais tu vas me lâcher, hurle Johannes en collant une droite au gazon.

— Hé hé, tu dormais pas. Qui c'est qu'avait raison...

— Je dormais, putain.

— Ah non, tu dormais pas.

— Mais putain mais...

— T'as tout entendu, c'est que tu dormais pas.

— J'ai juste entendu que tu m'as réveillé, bouffon.

— Tu dormais pas.

Johannes s'éjecte du hamac, empoigne Jules au tee-shirt, le secoue dans tous les sens. Charlotte tombe la serviette et tente de s'interposer en criant à Johannes de le lâcher. Je chope Charlotte à la queue-de-cheval de crainte qu'elle se mange une mandale perdue.

Parce que ça se frite sec. Johannes lui fout sa tannée au petit Jules. Et un coup de poing dans le trou de son ventre en cul. Jules, blessé, couine et s'effondre. Johannes le rejoint à terre, lui grimpe dessus et lui crache à la gueule si j'te dis que je dormais ! Oui je dormais ! puis il s'écroule comme une masse.

Johannes dépose une bise sur le front de Jules, allez.

Aujourd'hui c'est Johannes que je descends à Lons pour un rendez-vous chez le docteur indien. En ville on tombe sur Antoine et David, deux des types qui étaient à la rivière l'autre soir. Je demande des nouvelles de Zuile, ils me disent bah il a pris l'avion pour le Pérou ce matin. Antoine fait que de se moucher, Johannes surveille l'heure, veut être à l'heure, Lionel il va être l'heure on va vous laisser les gars. Mais ça va, toi ? je demande à Antoine. Il me dit oui ça va, c'est l'autre soir on est restés là-bas, à la rivière, et j'ai chopé la crève, quoi.

— Prends des ampoules de cuivre, lui dit Johannes. Allez, on vous laisse, les gars.

Comme un papa qui raconte une histoire à ses enfants, ils veulent que je leur raconte Johannes chez le docteur indien.

Chez Jules, une chaise devant la télé, eux sur le canapé. Je suis le spectacle de la soirée. Je suis le speaker. Je suis même le reporter, puisque j'ai assisté au spectacle de l'après-midi : *Johannes chez le docteur indien*.

— Alors c'est moi qui ouvre la porte, je crois. Non, d'abord je sonne, puis j'ouvre la porte, tranquille, quoi, en marchant, quoi, je me dirige vers le bureau, vers l'accueil, quoi, et à mi-chemin entre la porte et l'accueil, donc j'avais fait quoi, mettons trois pas, trois mètres, quoi...

— Quoi.

— Quoi ?

— Tu dis toujours quoi, ça soûle.

— Oui ben alors heu... je rentre, oui, et là je sens cette mule de Johannes qui me frôle la carcasse, je le vois même pas mais je le sens passer comme une balle, t'sais, et il file droit dans la salle d'attente. Je savais plus où me mettre. Bon, je vais signaler l'identité du patient à la standardiste. Et déjà l'affaire sent mauvais. La femme elle en a rien à secouer. Elle m'écoute à peine, elle remplit des papiers et elle me lâche des hm hm quand je lui cause. Je lui cause tranquille, moi. Je l'agresse pas, je parle assez fort, moi je suis... c'était bizarre... Ça m'a déconcerté, vous voyez. J'insiste pas, bon. Je vais dans la salle d'attente, et je trouve Johannes l'oreille collée à l'autre porte, celle du cabinet bien sûr. Et il me fait chhhut quand je rentre, et puis vous le voyez le lino de la salle d'attente...

— C'est une horreur ce lino, dit Diane.

— Il chouine ou je sais pas.

— Il grince.

— Il agonise, on dirait, le lino. Du coup je vais pas m'asseoir. Remarque j'ai pas le temps, là le docteur indien ouvre la porte. Et Johannes lui tend la main et pile au moment d'empoigner la main du docteur, Johannes, de son autre main se renverse une conserve de petits pois sur la gueule. Sur sa gueule à lui. Et il s'allonge. Et le con il se met à chanter.

— « Au clair de la lune », dit Charlotte.

— Exact.

— À tous les coups il chante « Au clair de la lune », dit Charlotte.

— Johannes se met à chanter et le docteur il

s'embarrasse pas de l'écouter, t'sais, au cas où il aurait une voix de ténor...

— Il a l'habitude.

— De suite il se casse, le docteur. Il claque la porte et je l'entends qui s'énerve après son assistante. T'sais, la rousse. La nunuche.

— Comment elle m'a soûlé, l'autre jour, dit Diane.

— Avec moi elle est gentille, dit Jules.

— Elle est gentille avec ton ventre en cul, ouais.

— Je peux continuer, bon. Et le docteur il pète sa pile et Johannes il se redresse et il me jette un œil, mais pas du tout un regard fier ou quoi. Un œil qui dit j'vous jure madame c'est pas moi. Plutôt j'vous jure, j'ai pas fait exprès. Et moi vous imaginez, je sais pas quoi lui rétorquer. Et lui il continue, il me jette un sourire... si on peut parler d'un sourire... en même temps j'vois pas comment je pourrais appeler ça.

— Un sourire, ça se dit.

— Ah ouais mais toi ma chère Charlotte, j'ai pensé à toi, si toi t'avais vu ce sourire de gland, obligé tu l'aurais giflé et sur-le-champ t'aurais rompu.

— Pourquoi tu dis ça ?

— Putain mais ce sourire... Enfin, bon, je vais le ramasser. Il est toujours allongé sur le lino, je rappelle. Je l'agrippe aux aisselles et le remets d'aplomb et on se retrouve lui et moi debout côte à côte devant la porte du cabinet. Moi je frappe, quoi. Oui, pardon. Moi je frappe. Trois coups de l'index. Trois coups distincts, je veux que ça fasse minimum sérieux. Que le docteur comprenne que c'est moi. Johannes il aurait donné des coups de boule. Alors je frappe doucement, mais distinct, tac, tac, tac, et j'attends. Et je me sens drôle. Ducon, t'sais. Comme devant chez des amis avec un bouquet de tulipes dans le dos, t'sais. Et c'est la rousse qui nous ouvre et Johannes me dame le pion, coup de bras dans le menton et se précipite sur l'Indien pour s'excuser. Okay ça roule. L'Indien me dit bonjour, vous. Votre nez dis donc c'est pas chouette. Passez prendre rendez-vous au standard. Du coup j'y vais. Et a priori Johannes se laisse examiner.

— Ton rendez-vous il est quand ? me demande Diane.

— Bientôt, mais attends j'ai pas fini, à la fin il reperd les pédales, Johannes, il baratine la standardiste comme quoi cet Indien faut l'interner... faut arrêter le carnage, c'est un danger public, tout. Et la standardiste elle craque. Écoute-moi Johannes Maréchal, on ne veut plus de toi ici, on en a marre. Et là elle nous sort qu'un nouveau docteur vient de s'installer, sur le même palier, il est très gentil, un docteur cow-boy.

— Ha ha, c'est trop nul. Le gars, pour s'imposer, il s'appelle cow-boy...

— Johannes il est fin heureux. Sur le palier il sautille. Et devinez quoi, on file chez ce docteur cow-boy. Et devinez sur qui on tombe, le vieux

Castoche avec sa buse. Elle était fine ronde, la buse. Elle m'a même pas reconnu. Ils se sont barrés sans un salut les gars. Johannes, lui, déjà torse nu, son trou à l'épaule, le plus sérieusement du monde il dit à la standardiste je sors de chez votre confrère l'Indien, je le trouve gaga, n'est-ce pas vrai ? Du coup la meuf lui a donné un rendez-vous.

Le soir, dans la cuisine, je tire deux verres, une bouteille de Coca, Diane me dit t'as vu à la cave papa nous a laissé des piments, bah j'en ai ouvert un, j'y ai introduit le bout de la langue et là je me suis dit d'accord.

On finit nos verres et je me demande ce que ça veut dire, *d'accord.* Si d'accord, putain comment ils sont forts ces piments, ou si d'accord, moi j'appelle pas ça des piments, t'appelles ça des piments, toi ?

Dans sa chambre, sur le bureau, une enveloppe, timbre espagnol, courrier de Mario.

Coucou mon amour, j'espère que tu vas bien car moi ça pète la forme mais je voulais te dire que c'est dur sans toi. Car à Jacques fois que je pense à toi je me dis dans ma tête vivant que je rentre. Bientôt peut-être. Pour te dire, y a des fois je pleure car j'ai trop peur de te perdre comme tu sais. Plus les jours avancent et plus j'ai peur de te perdre. J'espère que ton frère va bien. Passe-lui bonjour de ma part et à tous les autres, si tu les vois. Pour te dire, la dernière fois on m'a proposé un rail de farine, tu as compris j'espère, mais j'ai refusé tout de suite. Pour te dire, la dernière fois j'ai fumé un gros joint devant un flic, il m'a regardé et il m'a rien dit.

Je suis tellement content de t'écrire.

Je ne sais pas si on le fait exprès ou quoi. On monte visiter les barbares de Foncine.

Johannes la tête pensante siège passager et Jules et le matos de combat banquette arrière. Deux masses, une pioche, la batte de base-ball d'Arnaud le Padrino qui nous suit à mobylette et une vingtaine de bouquets de tulipes. Notre signature. Sur chaque cadavre on déposera une gerbe.

Il fait tout noir. Pas d'autoradio dans l'AX alors Johannes son poste sur ses genoux, et la musique une nappe ténébreuse, sombre, sourde, qui pourrait être signée Angelo Badalamenti, le mec qui compose les bandes originales des films genre *Mulholland Drive*.

— T'aurais pas autre chose comme musique, je dis à Johannes. Un truc pointu, pas trop connu.

— Années soixante-dix ?

— Un truc entraînant, limite dansant. Pour que je puisse taper le tempo sur le volant, tu vois.

Cette route, qui traverse le village de Cogna, où, tendue en l'air, une banderole *Souper Champêtre le 7 juillet.*

— Faut qu'on se donne des surnoms, je dis aux mecs. Toujours se donner des surnoms crétins avant un gros coup.

— Toi t'as déjà p'tit Lion, me dit Johannes.

— Johannes tu pourrais être p'tit Joe, dit Jules.

— Et Jules tu seras p'tit Jules, je dis à Jules.

— C'est cool, ça claque, dit Johannes.

— Bien dit p'tit Joe, je dis à Johannes.

Cette route, qui traverse le village Bonlieu, où, sur un profil de baraque, un quatre par trois délavé *Le Vin Fou d'Henri Maire.*

— T'aurais pas une bonne blague ? je jette à p'tit Joe.

— Pourquoi une bonne blague, p'tit Lion ?

— Ça ferait plus classe si on se racontait des blagues pendant le trajet.

Cette route, qui traverse le village Saint-Laurent-en-Grandvaux, où, à la sortie, putain le con, pourtant je le sais, putain j'ai craqué là, je le sais qu'il y a souvent le Naïne Ouane Ouane planqué à la sortie de Saint-Laurent, je le sais que c'est traître cet endroit et moi je passe comme une balle.

Ils mettent même pas trente secondes à s'agiter, et avec le pimpon sur le toit, tout. J'hésite, je mets le paquet ou quoi. P'tit Jules me rappelle notre arsenal, là, à côté de lui, ils vont pas être contents. Le Padrino s'amène à ma portière, me dit faut bombarder mon frangin, faut y aller Michael Schumi, moi je suis Valentino Rossi et toi t'es Schumi, faut filer. Mais je sais pas, je me tâte. Faudrait peut-être que je me décide. Ils nous rattrapent, montent à notre hauteur, parallèle à l'AX leur vieille Mégane, je zieute à ma gauche et je vois qui avec leurs grands sourires, sans blague, les trois mêmes poulets que l'autre jour pour le jardin de Narbé. Et ils m'ont reconnu, ils ont reconnu l'AX, s'ils nous chopent ils vont pas nous rater, je fonce.

Je mets pas dix plombes à rattraper le Padrino sur sa pétrolette le pépé, il est à bloc lui, il va se faire croquer le bébé, puis donne un coup de guidon angle droit nickel chrome petit chemin de terre et je l'imite, ça crisse et tout, de la poussière et tout, je dégomme le Padrino.

En plein dans la mob.

Il nous vole dessus, il retombe en Pinocchio je vois dans le rétro, il est mort, sûr. Les flics s'arrêtent. Je me détends deux secondes, non je panique, je comprends ce n'est même pas un chemin ce truc. Juste cinquante mètres pour accéder aux champs, pour les paysans. On saute de l'AX, tant pis pour la pioche de papa Gustave, pour l'AX, tant pis pour les barbares de Foncine ils ont gagné ils sont contents, on s'en fout on détale.

On prend un champ, on se sépare vaut peut-être mieux.

Je cours à peu près cinq heures sans mentir, je me sublime, j'ai peur en fait, je ne vois rien, j'ai envie de pisser en plus, je crois que maintenant c'est bon, ça suffit. Je m'endors sur de l'herbe, je ne sais pas où je me réveillerai et ça me fait sourire, si si, j'imagine que je me réveille sur le golf de Jean Ju, je me réveille au milieu d'un tournage de film porno amateur. Oh c'est con, rien d'extraordinaire, je me réveille dans un champ. Je vois très bien où je suis. Près du village La Frasnée, une cahute de jardinier, des pissenlits et des pâquerettes c'est bidon. Fait chier. Bon je suis vivant.

À pied, cette route, avec le panneau du conseil général, *Le Jura, un pays qui respire.*

J'ouvre la porte, chez Jules, je tombe sur Jules et Johannes cash, je leur tombe dans les bras.

Dans la cuisine on revient chacun sur nos exploits de la nuit. Nos cavales respectives. Jules s'enduit les cuisses de Bétadine puis d'Homéoplasmine. Parce qu'il s'est mangé des milliers de fils barbelés de plein fouet. Johannes aussi, mais moins que Jules. Et ça ressemble deux secondes au concours de celui qu'a le plus d'entailles, celui qu'a la plus grosse.

Diane pète sa pile pour l'AX, trouille et tout. Ça c'est normal, t'es une meuf. Non je rigole. T'inquiète, moi aussi je trouille.

Johannes sort le flingue de sa ceinture, le pose sur la table, il dit deux vaches, deux !

Autour du lac, pas loin du camping des parents de Laura, un coin que le Naïne Ouane Ouane ne peut pas connaître. Un coin de brousse, pas de la vraie brousse de ronces et tout, en fait c'est une boîte à partouzes pour les arbres, toujours bondée bien sûr, des feuillus qui se tiennent chaud, qui font une mêlée comme des rugbymen on y revient et ils avaient peut-être tout prévu parce qu'ils nous ont laissé une petite place au milieu, un nid douillet oh peut-être pas mais un espace vert triangle, juste de quoi planter cinq tentes.

On sera un peu serrés, on s'en fout.

On ne prend même pas le temps de, on file à la flotte, on se gicle, on sort on ramasse la serviette d'untel et on reva à l'eau la serviette autour de la tête et on plonge alors l'autre sort et balance toutes les fringues à l'eau, on lui gueule pas les portables, hé, pas les clopes, pas les sous, pas les baskets non t'assures pas putain tu fais chier le monde, et bataille de sable mouillé et surtout de galets parce qu'on n'est pas à la grande plage on est à Pearl Harbor.

Faut prendre le chemin du tour du lac. C'est une minuscule presqu'île, le bras ne mesure pas plus de cinq mètres. En hiver le niveau de l'eau remonte et on ne peut pas y aller à pied. En hiver on a juste un arbre qui pointe sa gueule.

On a que ça sur Pearl Harbor, un arbre sec et tordu, pratique pour s'allonger ou pour étendre son linge.

Sinon c'est de la pierre, grise et claire.

Ça s'appelle Pearl Harbor parce que c'est interdit au public. À l'entrée on a un grillage avec une pancarte et le dessin d'un crâne avec les deux humérus en croix. Autour du grillage plein de roseaux.

Ça s'appelle Pearl Harbor, c'est pas de notre faute. Ça s'est toujours appelé comme ça. Même Laura ne sait pas pourquoi Pearl Harbor plutôt que Sainte-Hélène ou Saint-Glinglin.

La Laguna break des parents de Laura. Tous les six pour deux visites chez les docteurs, moi chez l'Indien et Johannes chez le cow-boy. On commence par le cow-boy et ça traîne pas, vlan !, prend ça espèce de cow-boy, lui crache Johannes en déposant sur le comptoir de l'accueil la boîte de conserve vide.

Ce docteur il a pas plus de dix piges que moi. Un cow-boy à trois centimes, lui.

Et vlan !, la conserve de betteraves, et gros éclats de rire puis coup de gueule du docteur cow-boy et peut-être que je me trompe. Peut-être qu'il vaut trois milliards, ce cow-boy. Peut-être qu'il écoute Sepultura et que le samedi soir avec Muriel ils font l'amour dans une décharge publique.

— Déguerpissez-moi le plancher avant que je sorte le tank, les morveux.

Hou là là là là. Un dur, ce cow-boy. Un qui baise dans les volcans en éruption, lui.

On déboule chez le docteur indien sans sonner, rien, on entre comme dans notre chambre, et gros ouf de soulagement, la chance tourne on dirait, une nouvelle standardiste. Johannes lui bondit dessus que madame bonjour mais c'est du n'importe quoi. Vous le connaissez votre voisin ? Mais qu'est-ce qu'il a dans la tête ! Ah bon vous êtes nouvelle ici ? Un stage ? Ça tombe à pic, ma belle. Ah oui, vous êtes très belle. Non, ça me gêne, je digère mal les remerciements. Je ne sais pas comment ça se reçoit un remerciement. Je ne sais jamais ce qu'il faut répondre quand on me dit merci. Non, vraiment, évitez. De rien, oui, c'est ça. Bon, votre voisin, là, celui d'en face. Jamais vu ? Heureusement pour vous, jolie donzelle. Votre voisin c'est un taré de la cocotte-minute, croyez-moi. Regardez mon épaule. Vous voulez voir le ventre en cul de mon poto Jules... les mains de Laura... mais votre voisin, votre confrère, là, vous savez pas ce qu'il m'a sorti ? Vous trouverez jamais. Cherchez pas, vous trouverez jamais ce qu'il m'a sorti. Il m'a sorti que si j'ai un trou, c'est parce que je mange trop de betteraves rouges. Vous trouvez ça malin ? Ah, ça ne vous fait pas rire. Ben moi non plus. Je vous ai dit que vous étiez belle comme un coucher de soleil ? Ben vous êtes belle comme un coucher de soleil. Non, j'ai déjà une copine, désolé. Ramène-toi, Charlotte. Regardez-moi cette poulette comme elle est canon. Et elle est classe avec ses cheveux courts. Ah oui, elle est grande. Elle mesure un mètre quatre-vingt-deux. Enfin, ça lui arrive de perdre des centimètres. Oui, elle a des jambes yo-yo. Et vous croyez que c'est à cause des betteraves rouges si elle a des jambes yo-yo ? Ho ho, qui va là ! bondit Johannes.

C'est le docteur indien qui se ramène avec un cadeau, une conserve de thon, ouverte, main droite, et vlan !

Jules se tabasse la cuisse de rire, t'apprendras à viser grosse mule d'Indien foutu. Le pavé de thon se crashe contre le mur et retombe con comme une crêpe, floup.

La standardiste stagiaire panique oh lui aussi c'est un taré, mais c'est tous des matafs ces docteurs spaghettis ! On s'arrache sur la pointe des pieds, les sourires qui remontent jusqu'aux oreilles. Tope là.

La rue du Village-Neuf dans les conversations on l'appelle la rue du maire. C'est ici que le Jean-Jacques a son appartement. C'est une rue très fine, les trottoirs on ne fait pas plus étroits, et à force que les gamins le bousculaient sans faire gaffe à qui était cette épaule en trop, le Jean-Jacques il a inventé les trottoirs à sens unique. Ça veut dire le côté pair c'est pour remonter et rejoindre la rue du Parc, le côté impair pour descendre direction le Rouget.

Oh, c'est une habitude à prendre.

Notre table en terrasse et Caroline la fille de l'autre soir à la rivière. Elle nous dévisage avec le genre d'yeux, pire que si on avait chacun une vache sur le bout du nez.

— Tu te rappelles de moi ?

Elle me fait oui de la tête.

— Vous êtes pas en colonies de vacances, vous ? nous envoie cet enfoiré de rital, et il me glisse à l'oreille et toi, t'es pas en prison ?

Je vais pisser, chope le journal au comptoir, *Le Progrès*, m'assieds sur le couvercle, un article sur le Padrino buté par une AX bleue mais ils ne veulent pas trop en dire. Peut-être une piste qui permettrait l'explosion d'une boule de neige, on coince un bonhomme et c'est toute la racaille jurassienne qui nous tombe dans les bras. Comment ils s'y croient les mecs.

Jules ramone la fin de son diabolo kiwi, ça roucoule dans la paille.

Je me sens dans le coltard. Embaumé de vapeurs de rien.

Il paraît qu'avant de mourir on effleure un état de lévitation.

Dans un pouf de trois mètres sur cinq... je ne sens même plus la chaise. Normalement ça me lance des douleurs au cul, pas un poil de graisse pour amortir, mes os se talent.

— Oh tu l'as vue la BM ? lance Jules à Johannes.

On s'arrache. On s'en fout de Caroline, jalouse de Laura ou trouillarde ou tiraillée parce que fille d'un Naïne Ouane Ouane, bref on s'en fout.

Parce qu'on se tient la main avec Laura. On fait comme il faut. On a officialisé, ça y est. Oui depuis le temps, bon.

Jules cherche sa BM, il est fin jeté, se retourne à chaque ronflement de moteur.

Je m'arrête acheter *Le Progrès*, je fais lire aux amis, on prend par une route qui nous sort de Clairvaux.

Nous amène à la casse municipale. Le bruit sourd d'un petit avion. Caisses à l'envers, pillées, perdues les carrosseries, les roues, les moteurs en miettes. Taches d'huile, taches noires grasses. Planches en bois en travers des amas de tutures explosées, au soleil. Exposition de cadavres, de choses roulantes cramées, vieux monstres sur la tranche et les intestins, essieux et tout, en pâture. Le lierre s'y fraie un parcours et les rats viennent y répéter leurs cabrioles avant de se lancer dans les égouts de la grande ville.

J'inspecte au cas où ils auraient amené l'AX. Non.

Comme un brin de rivière au loin et c'est la nationale, les gars de Lons qui montent se baigner au lac, les Hollandais avec les phares allumés même le jour. Un grondement d'outil. Une tronçonneuse, je crois. Et les grillons. Les insectes, qui nous frôlent la face. Toutes ces petites bêtes qui me détruisent la cervelle. Ces oiseaux et tout, des qui grakatakataquent, parfois un simple siou, un vzzz, un cycliste qui nous trace dessus. Et c'est Jean Ju.

— Tu sais toujours faire du vélo, toi? lui jette Jules.

Jean Ju descend de sa bécane, nous emboîte le pas.

— T'es rigolo, toi, en plus d'être jeune, qu'il renvoie à Jules.

Tout de blanc sapé, comme d'habitude, le Jean Ju.

— Je vous remarque fascinés par ma bécane, n'est-ce pas. Une antiquité, vous avez l'air de penser. C'est un Peugeot, attention. Vous parlez d'une affaire. Encore aujourd'hui on me l'a dit. Cliant, tiens. Ça se trouve plus des vélos comme ceux-là, il m'a dit, le père Cliant. Tu parles si je suis content, l'ami, il m'envoie avec une tape derrière la tête.

— *Sonnette délicate, à manipuler avec douceur, please*, lit Charlotte.

— L'autre jour une môme m'a détraqué ma sonnette, voilà pourquoi j'ai mis ce petit mot. Bien sûr je l'ai emmenée à réparer. Je suis allé chez Vaille. Oh tu parles d'un escroc, lui.

— Une bonne boutique pour les vélos c'est chez Dumont, je dis à Jean Ju.

— Vous prenez la côte de Saint-Maurice pour rentrer au château ? lui demande Laura.

— Tu veux me tuer, oui. Même à votre âge j'y toucherais pas à cette foutue grimpette. Je la laisse aux chamois, celle-ci.

Une montée qui fait quinze pour cent. L'été dernier on la descendait en luge. JF avait manqué de trois centimètres de se manger un pare-chocs. C'était une Triumph, la caisse. Une Triumph verte.

Je propose mon journal à Jean Ju et il me dit pareil, tu veux me tuer, oui.

Un camion remorque à deux étages qui transporte six ou sept Golf noires. Une nouvelle livraison pour nos amis de Foncine, bah mes salauds.

On traverse le camping et un emplacement nous fait rire, une tente rouge, une Twingo verte, une table bleue.

On recommence, dès le lendemain. Johannes le poste CD dans son trou à l'épaule et un morceau produit par les Neptunes, Jules le mouchoir en tissu pour s'éponger le front, Laura le bac en poche avec mention, Charlotte la culotte de starlette qui risque de fiche la gaule à plus d'un Hollandais, Diane une bouteille d'Ice Tea et Lionel une nouvelle Drum au coin du bec, c'est le gang des tagazous qui débarque sur la grande plage du camping.

Où un truc flottant en forme de dauphin. Un monsieur qui se gratte l'œil. Un monsieur qui pèle du nez. Une fille de mon âge qui s'étire la culotte de son deux-pièces puis file à l'eau en se retournant et se fend la poire.

Jules n'y croit pas.

Une dame, serviette autour de la taille, se change, plie une jambe puis l'autre, fait coulisser sa culotte de maillot de bain, la froisse puis la jette.

Jules n'y croit pas. Ils se sont déguisés en touristes. Le Naïne Ouane Ouane, les barbares de Foncine. T'as vu le gros tas qui pèle du nez, tu parles c'est du mastic et il a fait sécher et il a frotté.

C'est des tricheurs. C'est pas drôle. C'est pas du jeu. C'est pas prudent, dit Diane.

On ne devrait pas se montrer autant.

Laura nous déboule à la face, bat des ailes que venez vite, tout de suite, faut à tout prix que vous veniez. On dit où ça ? Chez moi faut que vous veniez. Le plus vite possible, elle dit. Magnez-vous. Diane gueule pour le sable dans les yeux, merci. Laura n'a pas le temps. Je crie après Charlotte et Johannes qui sont à la flotte. Je roule en boule ma serviette avec dedans trois fringues, la crème solaire de Diane, la casquette de Johannes. Qui ne se sèche même pas tellement Laura nous presse. C'est grave ? Non, enfin si. Enfin j'sais pas. Johannes chope son poste, le disque saute, il donne une tape sur le bouton stop. Jules et moi on a rien aux pieds, on les suit dans les allées de graviers du camping en grimaçant, on sautille sur les talons.

C'est une petite gamine, Madeline, la fille de Damien le conducteur de bus, le voisin de Laura.

Assise dans la cuisine.

— Son vieux s'est tiré, dit Laura.

— Damien ? fait Diane.

Je me remplis un verre de menthe fraîche. Je demande si d'autres en veulent... comme si j'étais l'homme invisible, merci.

— T'as pas de mère ? lui demande Charlotte à Madeline.

— Elle s'est tirée aussi, dit Laura. Y a deux mois.

— Ça leur prend, comme ça, ils se tirent... Allez, pof, salut.

— Ils s'engueulaient, dit Madeline.

— Mais ton père... Il s'engueulait pas tout seul, ton père.

— J'sais pas, dit Madeline.

Ça me soûle déjà. Moi j'ai toujours dit que c'était une tanche, ce Damien. Et puis il a laissé une lettre, tout ça c'est bidon. La gamine elle a les larmes aux yeux, c'est une gamine bidon. Diane elle se la joue inspecteur machin, frangine bidon.

On fait comment, alors. On pourrait squatter chez elle. Ouais il y a les vieux de Laura qui crèchent à deux pas, c'est risqué. Si encore il n'y avait que ça. Deux heures on se prend le chou, et on finit par trouver un compromis entre les tentes et la maison de Madeline.

La maison on vient y manger le matin et le midi, se laver, peut-être se reposer au frais ou regarder le Tour de France, le soir et la nuit on reste aux tentes.

Première inspection des lieux et une consigne, on s'emmerde pas, on balance tout ce qui est laid.

On attaque par la cuisine. La panière de fruits sur le frigo avec trois kiwis pourris, allez hop. Au mur, derrière le frigo, deux peintures de bateaux, poubelle. Une maquette du bateau du commandant Cousteau la *Calypso*, je dis à Jules imagine les heures que ça lui a bouffé cette maquette à la con. On se marre. Aux pieds du frigo, une pile de journaux, les *Progrès* du dimanche depuis la première guerre du Golfe.

Dans le salon, un aquarium géant, c'est quoi ce truc ? c'est quoi ces bestiasses ? C'est des piranhas, déconne pas. Johannes est fou. Johannes est poissons en signe astrologique. Neuf piranhas dans un bac de deux mètres de long, un mètre de large, un mètre de haut. Neuf piranhas, pas juste un seul bien sûr, dit Johannes qui s'y connaît. Les piranhas ça vit en banc. Et ça coûte cher, il dit à Madeline. C'est des poissons tropicaux, ça coûte la peau du cul. Et faut les nourrir. Et Madeline dit ouais, attends, et part dans la cuisine et revient avec trois steaks hachés. Elle les balance au-dessus de l'aquarium et faut voir ça, les poissons ils se jettent et ils te les défoncent en deux-deux les trois steaks.

L'aquarium on le garde, dit Johannes.

On continue le grand ménage. Une étagère d'éléphants en tous genres, en cristal, en cartes postales, taillés dans du bois ramenés du Kenya. On se marre. Grave de BD, et Johannes fait pas de quartier, dégage tout d'un trait. J'ai juste le temps de sauver *Le Trésor de Rackham le Rouge*, je le lirai ce soir et le jetterai demain. Au mur, un violoniste de Marc Chagall, je dis à Jules on le laisse le violoniste. Charlotte nous appelle de l'étage. Dans la chambre des parents sur la porte à l'intérieur pile face au lit, un poster de Madonna. Retour dans le salon, j'égrène la tour à CD, l'intégrale de Madonna. On savait pas qu'il était fan de Madonna, le Damien. Madeline soupire, lève les yeux au plafond, ah si, un fan de chez fan.

Vers minuit, pendant que les autres se reposent devant l'aquarium, avec Johannes on vire les meubles, on les entasse dans le garage, on se marre. On dit à Madeline, n'empêche, ton pauvre papa, s'il nous voyait. Et Madeline nous plombe la fougue que ça lui ferait plaisir à papa. S'il revenait à l'improviste, il gueulerait pas du tout, il trouverait ça une super-idée, depuis le temps qu'il en a ras le bol de cette maison de vieux. On se marre.

La terrasse de Damien, midi on se prend le plein cagnard. On a sorti les chaises de la cuisine, on est allés au pain.

Je me propose pour la vaisselle, ils me claquent tous la paluche, t'es un sacré pote, toi.

On la kiffe bien cette baraque. Comme si on venait de se porter acquéreurs d'un hôtel particulier. On s'est cotisés, un cercle d'amis.

Il aurait fallu qu'on sorte d'ailleurs. Ah, faut pas jouer les riches.

On ne joue pas les riches.

Si on était riches, tu parles, je ne m'arrêterais plus de chialer notre sale race d'enfants gâteux à cause des saladiers de coco parce que la dope ça vous ramollit l'envie et à cause des liasses de biffetons de cinq cents euros parce que l'argent ça vous ronge le plaisir.

La génération machin chose. La jeunesse machin chose.

Eux on leur pisse à la rose.

Entendu les fils à papa !

Une phrase typique quand on a mon âge : ouais mais faut pas catégoriser.

Si on était des personnages, si on était hors du temps, comme un bonhomme prévu pour un film à qui on fait une crasse : on l'abandonne dans le monde réel. Un personnage au sens premier. Vraiment au sens le plus concret. Pas de mystère et tout. Son cerveau n'a aucune intimité puisqu'il ne sait pas rêver, et donc il ne sait pas penser, il sait juste agir. Juste un tas de caractéristiques. Impossible qu'il s'adapte à quoi que ce soit. On lui construit un monde, en fonction de ses caractéristiques. Un environnement dans lequel il puisse s'épanouir, rapport à ce qu'il sait faire.

Admirez ce souffle passionné, cette fougue, cette énergie.

L'opéra gosse. Des gamins en vitrine. Admirez ces corps en mutation, soyez fascinés par cette absence totale de logique qui guide leurs mouvements, par cette audace, ce culot. Comme si je disais : admirez, soyez fascinés et allez vous faire foutre.

Comme si j'étais un rebelle.

On se promène, voilà.

On se fait des films, on vient d'acheter un hôtel.

Une bande de moines fans de Madonna.

Le soir on bouffe à Pearl Harbor. Parce que c'est joli. Le soleil qui fond dans le lac.

Puis la grande plage. Il n'y a plus personne, le lac scintille Vertamboz le village en face, ses lampadaires, fenêtres, spots sur les terrasses.

Madeline est plutôt séduite par toute cette agitation, en plus avec la musique dans le poste de Johannes, tout qui s'enchaîne sur de la musique funk, vous êtes à fond dedans, elle nous dit. Ce serait bien que tu ailles te coucher, je lui dis. Et ça va, pas de pleurniche non j'veux pas aller me coucher. Juste une chose, faut qu'elle se lave les pieds.

Madeline elle dort dans la tente de Diane, avec Diane. Avec Diane elle remonte à la baraque, pour se laver les pieds.

Je leur cours après. Madeline nous dit je savais pas que vous étiez frère et sœur, vous vous ressemblez pas.

J'attends sur le canapé pendant qu'elle se lave les pieds avec Diane et un clip d'une dame ricaine, Missy Elliott je sais pas si vous connaissez. Et je me sens Buzz Aldrin. Sur la lune et sans scaphandre. Direct je fonds de vingt kilos, je me sens une danseuse étoile avec le tutu et les ballerines. Je vole dans l'espace, je jongle à neuf balles avec les neuf planètes du système solaire, je saute sur la Voie lactée comme si elle était une corde tendue entre les deux extrémités de l'univers, comme si j'étais un funambule, je l'ai déjà dit, je suis un funambule.

Diane et Madeline me rejoignent sur le canapé. Diane me dit Madeline a une complication. Laura est au courant, oui. Madeline me dit au début j'avais des plaques de fourrure sur les jambes. Comme Johannes, je dis à Diane. Puis elle me dit ça y est, la complication s'est décidée... Elle a des jambes yo-yo, me dit Diane. Comme Charlotte. Mais je ne l'aime pas cette Charlotte, nous dit Madeline.

Aux tentes je demande à Charlotte si le docteur indien lui conseille de se laver les pieds le soir pour calmer son yo-yo et Charlotte se marre comme une baleine, oui il me dit ça, mais c'est un abruti le docteur indien, laisse tomber le docteur indien, elle dit à Madeline. Le docteur indien, le docteur cow-boy, oublie ces crevards.

J'ai la frimousse de la gamine dans les yeux. Elle me tue, la gamine, je dis à Laura.

Madeline c'est mon Noël, c'est mon Amérique à moi. Et je frappe les balles. Je tiens la batte. Je suis DiMaggio des New York Yankees, moi je suis Joe. Elle c'est Marilyn, c'est la gamine.

Si l'Amérique est un pays d'enfants.

Esthète des States, j'ai la cervelle en strates de steaks hachés.

Je suis la brute au béret et à la baguette. Lionel à la baguette. À la place de la Kalachnikov. Un révolutionnaire à cinq francs, l'étoile sur le béret c'est la polaire. C'est le Jura l'hiver il fait froid. L'étoile du berger, mes amis c'est mes moutons, tout ça c'est très gentil, c'est très doux, je suis le meneur tranquille la roulée au bec et la baguette magique à la place du bâton. Pour que ça sourie un peu.

Je suis le chat. Je suis le gros minou qui veille en sage sur ses bébés. De la marmaille un peu frappée, qui parfois arrache pire qu'un pot de moutarde Maille avalé le nez bouché.

Je suis une vache en train de brouter, je suis vanné, je vais me coucher.

Enrhumé, me moucher.

Enculé, va te doucher !

Oh merde mais t'es bouché !

Oui, Laura, j'y vais.

Et t'auras le droit de me toucher.

Je me réveille tôt en ce moment. Laura a dû planter sa tente sur un nœud tellurique. Ou alors c'est Laura le nœud tellurique.

Je vais me poser sur la plage. Deux play-boys qui font du kayak et une copine qui les zieute aux jumelles.

Jules a raison.

Je ne suis pas spécialement un trouillard. La parano c'est encore pire, c'est de la pose de petit malin la parano, je lui pisse à la gueule la parano. Mais je me demande comment on peut croire à toutes ces conneries. Un papi qui plante le parasol, sous le parasol le petit-fils qui pionce dans une poussette, c'est impossible qu'ils soient sincères ceux-là. Les parents qui rappliquent avec une glacière, puis la maman qui donne la tétée. Alors si c'est pas les flics, pas les barbares... ce n'est pas possible qu'ils y croient. Une fillette qui pleurniche parce que ses brassards orange lui irritent les biceps. Sa maman, seins nus. C'est nul mais j'y crois.

Dans un tiroir chez Damien je trouve une pipe, une belle, une Jean-Pierre Lépine. Je lui carre une pincée de Drum dans le trou de balle et j'essaie de l'allumer et je me crame les doigts et ça s'éteint sans arrêt. Je vais jeter un œil à ma gueule dans le miroir, beurk, affreux avec cette sale pipe dc pédé de poète de l'an dix.

Laura me propose une promenade, le chemin du tour du lac, direction Pearl Harbor, main dans la main.

— C'est une blague ? je lui lâche en plein milieu.

— De quoi, une blague ?

— La promenade en amoureux...

— C'est une chose simple.

— Ah.

— Tu peux pas apprécier ?

— Je sais pas. J'ai du mal à...

— Il faut toujours que tu soupçonnes... caché derrière. Ça ne peut pas être là, simplement. Là.

— Non, ça ne peut pas.

— C'est une maladie, Lionel.

— Non. Franchement, non. Je dirais plutôt que c'est une hygiène de vie. En ce moment c'est Jules qui me travaille.

— Qu'est-ce qu'il a, Jules ?

— Je pense qu'il a autre chose.

Il m'arrive d'aller jusqu'à me demander s'il ne serait pas un génie, quelque chose comme ça, Jules.

Jules il est à l'ouest, je veux bien, mais encore plus à l'ouest qu'Hollywood, lui.

Peut-être qu'il joue. Ce serait la clé. Il joue au givré. Il aurait compris : si on est sincère on est grillé, si on se livre au premier venu, si on est généreux, non la générosité attise que des emmerdes. Il aurait trouvé la parade pour être heureux quand même. Il nous laisse croire qu'on le domine alors qu'en vérité c'est lui qui nous ratatine, le génie.

J'ai souvent rêvé du jour où il m'avouerait tout : Lionel, c'est tellement du gâteau que c'en est déprimant. C'est tellement du gâteau de faire gober n'importe quoi à toutes ces cloches. Voilà ce que vous êtes, toi et ta chérie et ta sœur, Johannes et sa pouffe, un tas de cloches.

Il serait le gars qui se tricote un habit d'homme faible pour mieux aller sonder les nôtres de faiblesses.

Il m'arrive de speeder tout seul. Il serait le cerveau, le mec qui prépare un casse d'enfer, qui veut nous impliquer mais qui avant vérifie qu'on ne soit pas des Mickey.

On fait demi-tour, on tombe sur Charlotte, qu'était aux champignons, à la pêche, peut-être qui nous photographiait pour *Closer.*

Puis Madeline, à vélo, qui revient de chez sa copine Julie-Marie.

— J'vais la trucider, c'te Julie-Marie.

Qui habite Vertamboz le village en face, sur l'autre rive du lac.

— Même que je leur ai dit que je devais rentrer à six heures.

Elle descend du vélo, shoote dans une pomme de pin.

— Je leur ai dit que mon père voulait que je rentre à six heures dernier délai. J'en avais tellement marre.

— T'en avais marre de quoi ? lui demande Laura.

— C'est surtout Quentin. En plus, avec Julie-Marie, j'y comprends plus rien. Un jour ils sortent ensemble, un jour ils sortent pas ensemble, ils me font chier. En plus j'étais toute seule avec eux dans le QG et ils me commandaient.

Elle renifle. Elle chouine, en fait. Peut-être qu'elle se force.

— J'y capte que dalle, dit Charlotte. Reprends ton souffle.

— Toi j'aime pas ta gueule, lui envoie Madeline.

— J'te remercie, dit Charlotte avec un rire.

— T'façon... fait Madeline en se frottant les

yeux. T'façon j'ai pédalé le plus vite possible tellement j'en avais marre. Je suis allée à fond.

Charlotte se sort une clope, me demande mon briquet, me lâche un clin d'œil genre bah dis donc, cette petite nana quel carafon.

Diane dans la cuisine, Charlotte va retrouver les autres.

Je vais chercher le rouleau de sopalin pour Madeline qui a encore les yeux mouillés. Je vais chercher une bouteille de sirop de fraise pour Madeline, y en a à la cave elle me dit, je descends à la cave, en effet derrière les briques de lait une bouteille de fraise, et une de Ricard.

— T'en veux encore ?

— J'veux bien du Coca.

Je vais chercher le Coca dans le frigo.

— C'est à cause du QG. C'est un truc nouveau et comme j'étais avec vous, je l'ai raté.

— T'as raté quoi ? je demande.

— Le QG. L'autre jour ils ont construit une cachette et j'étais pas là, j'étais avec vous. En plus ils ont amené un meuble et ils veulent que je donne des paquets de gâteaux.

— Ils ont qu'à en donner, eux.

— Ils veulent s'embrasser et ils aiment pas que je les regarde quand ils s'embrassent alors ils me disent va ramasser les branches dans le QG. Pis je me suis fait mal au pied et Julie-Marie elle m'a dit si tu te plains pour un minus bobo comme ça, t'as pas fini de te plaindre, toi.

— Elle est conne, dit Diane.

Je passe à la maison. Voir si l'abribus a pris feu ou quoi. Vider la boîte aux lettres. Dans la cour, des traces de pneus, ça sent le Naïne Ouane Ouane. Je suis peut-être l'homme invisible.

Un prospectus Shopi casse les prix sur les fournitures scolaires et comme un benêt, comme la terre entière bande de gros benêts, je me dis oh bah dit donc, déjà les fournitures scolaires, oh là là on est mi-juillet et déjà ils nous pressent avec les fournitures scolaires.

Je me pose avec un verre de vin de table, rouge, une brique d'un litre au papa Gustave. Je feuillette le prospectus parce que ça me fait rêver, moi, les cartables Poivre Blanc, les sticks de colle UHU, les stylos plume Creeks, les compas Maped.

J'ouvre les volets, les fenêtres, les Velux. J'arrose les roses, le basilic, et surtout pas les tulipes. Je tonds la pelouse. Je cueille les tomates pas pourries, je les mets dans un saladier. Je finis la brique de vin devant un documentaire sur les kangourous autrichiens. J'appelle Laura, ils sont sur les marches de l'église, on t'attend.

Sur la route, un chien fraîchement buté, l'arrière-train défoncé, il pisse le sang. Je remonte à la maison, dans le garage une brouette, une paire de gants de jardin. Je charge la charogne dans la brouette. Retire mon tee-shirt, la recouvre. Je trace direction le centre, l'église.

Ils sont avec une sorte de curé en panique, un type tout de noir sapé qui secoue les mains, je m'en fous. Johannes vient zieuter sous le linceul, il me sort que je suis taré et je lui dis tu ne vois pas pourquoi je l'ai ramassé ? il me dit non, je lui dis tu verras bien.

Une espèce de Mylène Farmer tire Johannes par le maillot et amorce un allez, magne ton... oh excuse j'ai cru que t'étais Pierrot.

— Désolé de ne pas être Pierrot. Ç'aurait été avec plaisir.

— Il était là y a deux secondes...

Diane s'en fout de ma brouette, elle me dit le mec il est trop excellent, il veut me présenter à ses parents, il nous appelle les petits Ewoks. Je pige, c'est pas un curé c'est Dark Vador.

— Sinon, rien de spécial ? me demande Diane.

— Encore une lettre de Mario.

— Moi je suis Mylène Farmer, me dit Mylène Farmer. Tu m'avais reconnue ?

Un mec habillé en Zidane avec un caddie de supermarché. Il gueule : pour les enfants c'est un euro le tour de caddie, aujourd'hui je casse les prix sur les tours de caddie.

C'est le voisin de JF. Style je casse les prix, tu parles, il casse les couilles, lui. C'est lui qui fait chier le monde, là. Avec son concept de merde, un bal spécial mioches amochés par la téloche. Tous les 14 Juillet à la salle des fêtes pour une grande partouze cathodique.

— Cassez-vous ! je gueule à Mylène Farmer, à sa copine Liane Foly, et puis voilà Pierrot...

déguisé en abeille, lui. Casse-toi, sale bzzz. Casse-toi vieux curé.

— Mais c'est non c'est Dark Vador, me dit Madeline.

— Je suis Dark Vador en personne.

Et moi je suis l'homme invisible.

Je vide la brouette sur un tas de sable dans le jardin chez Damien, je ramène des gros couteaux à viande, ciseaux pour le poulet, une petite hache. J'essaie d'abord les ciseaux, une patte, ça va c'est pas un Saint-Bernard, ça vient.

Les piranhas l'aiment bien.

Je me réveille tôt.

Elle a vraiment une belle gueule, cette meuf Laura. Et une putain de grosse paire de loches. Et c'est une sportive, attention, va falloir que je me. J'y vais, quelques brasses et je me rendors sur le sable. Sans serviette. Comme un sac-poubelle éventré. Me répands sur toute la plage, comme un cargo écorché. Puis me décompose, la coque se désintègre, un corps en pièces détachées. Au réveil je rassemble mes parties, mes esprits, me frotte le sable ma chapelure, le ventre poisson pané.

Il me manque une épaule.

Johannes assis au fond, et il ricane le con.

— Johannes, tu me rends mon épaule !

— Si je te prête mon nez, je peux la garder quelques jours ?

On monte à la baraque, petit déjeuner et tout

et Laura bye bye les amis, direction la voie ferrée, faut que je sue ces petits bourrelets.

— Il te va bien le nez de Johannes, me dit Diane.

— Ça change, n'empêche, dit Charlotte.

— T'aimes bien ?

— Ça te change. C'est autre chose, quoi.

— Et moi, son épaule... dit Johannes

— Bof, ça change rien, toi. T'y as perdu, toi. Tu te retrouves avec une grosse fraise d'ivrogne.

— Je te préférais avant, lui dit Charlotte.

— Ça aurait pas sonné ?

— Tiens, Lionel, je te rends ton épaule.

— J'ai entendu sonner, moi.

— T'entends des voix.

Ding Dong.

— Qu'est-ce que j'vous disais.

C'est Julie-Marie la copine de Madeline.

Je vais avec Johannes dans la salle de bains, je lui rends son nez... non, attends, je vais me prendre en photo sur mon portable avec ton nez... il me rend mon épaule.

Un frisson.

Si Madeline était une sauterelle, Julie-Marie serait un scarabée.

Un gros pâté qui boude.

— Tu vas pas rester debout, Julie-Marie.

— Si.

— Tu veux du Coca ?

— Non.

— On a du sirop de fraise. Et puis du jus d'orange.

— J'ai pas soif.

Jules remonte du lac. Bien zieuté les petites Hollandaises, oui. Puis la douche, puis le coup de peigne, et puis bah vingt dieux ce Jules des grands jours. Jamais vu un si chouette Jules.

— Il paraît que toi et Quentin vous prenez Madeline pour votre boniche ? qu'il envoie à Julie-Marie, le Jules nouveau.

J'aime autant pas dire le regard que Julie-Marie jette à notre Didine.

— Ça va mieux, dit Madeline.

— Ben moi mon père il a gagné cent euros au Millionnaire, lâche Julie-Marie.

— Il va pouvoir s'offrir au moins deux putes.

— Oh, Jules. Qu'est-ce qui t'arrive ?

— Je suis peut-être en train de tomber amoureux d'une fille...

Sale badaboum à la porte. Laura qui revient de son footing. La voix rocailleuse. Elle a couru trop vite. Une voix de grand-mère dernier souffle, mamie dernier cri, et ce visage horrifié, elle essaie de dire... elle crie blanc, le visage en masque de *Scream*. Faut se casser les gars. Les escaliers, on monte tous, quatre par quatre les marches, moins classe que Cannes mais on a pigé. Tout un escadron de barbares qui va nous coincer là si on ne s'active pas, Laura t'as été suivie, t'as été... on n'a pas le temps.

On saute tous par le Velux de la salle de bains, accélère gros Jules, on glisse sur les tuiles bouillantes, on se tape le coccyx, enfin c'est moi, je me rétame et je me tue le coccyx, je me rattrape à l'antenne parabolique, je me jette sur la terrasse, je me mange une chaise à l'atterrissage bah c'est mon jour. Et voilà que le ciel se met à nous pisser des crocodiles. C'est même pas des grenouilles, c'est des crocodiles. Les nuages c'est pas du coton — et même pas le coton après le carnaval où je m'étais déguisé en James Brown —, les nuages c'est des sacs à main en peau de croco. C'est la lune gruyère qui nous goutte sur le nez. C'est la chiasse des signes du zodiaque, c'est la merde du Lion. Du fromage fondu. Ça brûle. Des gouttes de Nutella. Une fondue au chocolat. Nous on est des bananes. Les crocodiles c'est des fourchettes et ils viennent nous planter et nous tremper dans ce lac en chocolat fondu.

On se débarrasse de Julie-Marie, d'un coup de pied au cul je l'envoie crapahuter droit sur son patelin pourri. On trace le long de la grande plage et on se réfugie dans l'arbre à plonger et ils sont au moins sept, des genres de béliers des trucs comme ça, se mettent à secouer l'arbre comme si on était des poires, et l'un d'eux qui esquinte un outil sur le tronc, on entend, on ne sait pas quel outil, une pelle un truc comme ça.

C'est Charlotte qui ouvre le bal, ses jambes yo-yo, celles de Madeline aussi, des coups de pied sur les têtes d'œuf. Diane la glu qui lui coule des yeux et le bouffon tout pâteux de la gueule ne sait plus où donner de la fourche, c'était une fourche, si bien qu'il nous la balance à l'aveuglette et c'est Laura les mains géantes qui dégage l'outil.

Comme un éclatement monstrueux. L'arbre réagit lui aussi. À chaque extrémité lui explose une tulipe. C'est Johannes qui le contamine. Son épaule se greffe et toute sa rage envahit l'arbre, qui voudrait agiter les branches, devenir une pieuvre, se réveiller tout simplement. Peut-être que tous les arbres attendent, Johannes, des gars comme nous.

Ils ne se démontent pas les copains en bas, ramassent tout ce qui vole et nous canardent, de pierres, de bûches, et Laura me grimpe sur les épaules et intercepte, bouclier, renvoie tout ce qu'elle peut. Johannes réussit à détruire la ramification. À se débrancher, tiens. Et il est fou, il s'énerve tout seul à cause du flingue, il a oublié le flingue dans sa tente et bordel mais si y a bien un seul moment dans ma vie où j'ai besoin d'un flingue. Je gueule à Laura de descendre de mes épaules et je compte un deux trois et hop Jules et Lionel les deux derniers étages de la fusée. On tente le diable, notre seule chance. On a un gros cul, un gros nez, alors des grosses couilles. On se jette dans le vide, on crie, on les ratatine, un gros cul, un gros nez, on les écrabouille, on rebondit, on les réduit un à un à l'état de tomates farcies, clafoutis aux cerises, gros dégueulis de barbares qui pissent la framboise. Et puis la flotte, le Nutella, ce qu'on veut, ce qui tombe du ciel quoi, tout ça nous facilite la tâche.

Rassemble les morceaux du gâteau en bouillie. Pour donner trois belles chiures de chouette que Laura les gros pieds expédie dans le lac, plouf plouf plouf.

On remonte à la baraque en courant sous cette pluie de folie. Salle de bains on se sèche, on essore les habits. Je descends, la terrasse, rentre les serviettes de bain étendues sur les chaises de jardin, ramène tout dans la cuisine et besoin d'un parapluie pour retourner aux tentes, je demande à Madeline, elle me dit dans le meuble vert sur la mezzanine.

Le bruit de la pluie sur la toile. Je dis à Laura c'est toi l'étoile, et elle rit, et un bisou. Sa main dans mes tifs trempés, elle frotte, un bisou nez. Au bout duquel sa cicatrice en forme de cœur. Je l'ai mon bisou esquimau.

Elle me dit toi c'est un docteur esquimau qu'il te faudrait pour ton nez. Et je lui dis toi c'est un docteur PMU et elle ne pige pas. Tu sais les grosses mains PMU qu'on agite au bord des routes pendant le Tour de France, elle se marre, et puis un docteur italien pour tes pieds je lui dis, tu sais l'Italie, la botte. Tout à l'heure t'avais deux Italie à la place des pieds, elle se marre. Lionel t'es un mec génial, je comprends pas pourquoi toutes les filles de la terre sont pas folles de toi. Je lui dis que moi non plus je comprends pas, je suis un mec génial, je suis un type extra, hein, je mériterais de sortir avec Scarlett

Johansson. Lionel tu devrais déjà être marié avec Scarlett Johansson, vous devriez faire les couvertures, être élus le couple le plus glamour de l'année. Lionel, moi je suis une fille bien, je suis une fille simple, je suis en train de m'attacher Lionel. Moi je suis un garçon qui n'arrive pas à s'attacher Laura. Moi je suis un garçon prétentieux. Lionel, tu n'as pas du tout la tête qui gonfle. Ah non moi c'est le nez. Ha ha elle est morte de rire, elle m'embrasse, elle se colle à moi. Laura, tu n'es certainement pas la femme de ma vie. Je t'aime bien.

Place du 8-Mai perchée sur le casque du soldat du monument aux morts, la buse Castoche.

— Ça alors, mes faces d'anchois préférées, qu'elle nous jette à la fontanelle. Ça gaze, dites ?

— Et toi, bonne buse ? lui retourne Laura.

— Boah, on fait aller. Et toi, qu'est-ce tu racontes de beau ?

— Bof... pas grand-chose.

— Par ce temps.

— Ben oui. Remarque on s'est pris une belle saucée, hier.

— C'était la contrepartie. Faut bien que ça pète de temps en temps.

— Ça réjouit la nature, dit Johannes.

— C'est exactement ce que dit le vieux.

— Ah, le vieux Castoche... dit Johannes. On vous a vus l'autre coup chez le docteur cow-boy.

— Hin hin...

— Il va comment le vieux Castoche ?

— Il va, il va. Il va même bien. Il passe la journée le nez au carreau à se rassasier de ces petits culs.

— Les p'tites Hollandaises...

— Il raffole de ça. Faut dire qu'il y en a de jolies.

— Vous voulez un bout de mon Snikers ? demande Madeline à la buse.

— Oh elle est gentille la petite sœur.

— Oui c'est ma petite sœur à moi, dit Jules.

— Bah oui, je veux bien un bout de ton Snikers.

— J'osais pas vous demander, je savais pas si les buses elles aiment le chocolat, lui dit Madeline en coupant ce qui reste de son Snikers en deux.

— Les buses elles mangent de tout, petite fille. À part les haricots verts et les œufs au plat, elles mangent de tout. Il faut manger de tout, les gamins. Il faut être curieux. Si je peux parler un peu...

— On vous écoute.

— Il vous faut tout, les gamins. Il faut tout sentir, il faut tout affronter. Il faut de l'idiotie, des cigarettes. Il faut faire des pompes tous les jours, se sentir gonfler des pectoraux, et fumer des cigarettes en écoutant de la musique. Se goinfrer de bonbons, prendre le train puis le bateau et se faire bronzer sur une plage en Corse. Il faut penser à une jolie fille. Il faut s'endormir dans son bain. Discuter avec son radiateur. Être supporter d'une équipe de foot. Une promenade en forêt, en grosses lunettes de mouches de rock star chips fumées vous voyez le genre, il faut péter plus haut que votre cul sinon c'est pas la peine. Il faut vous promener en forêt en short en plein hiver. Avec une hache. Il faut pleurer dans son oreiller et apprivoiser une buse et discuter avec elle tous les jours et pour autant ne pas oublier son radiateur. Il faut être heureux quand il pleut, penser à la nature, elle en a besoin.

— C'est la vie du père Castoche, c'est ça ?

— T'as pigé. J'ai pas grand-chose d'autre à vous raconter, moi, vous savez.

— Il était bûcheron, le père Castoche, dit Laura.

— C'est ça.

Diane n'a plus un cil. Se rature les paupières supérieures au crayon bleu. Elle dit mes yeux c'est des soleils, je leur dessine des rayons. C'est bien connu je suis une gamine, je mets des rayons au soleil.

Elle papillonne, écarquille grand, se fusille le reflet.

Laura se barbouille les babioles de rouge à lèvres mauve. Le rituel du j'ouvre, je referme, je les roule comme de la pâte à pain, je tire une moue.

Diane confesse, ça la fait chier de ne plus partager ces moments avec Charlotte. Qui se prépare en solo, elle. Dans la piaule des parents, avec la meuf Madonna. La plus belle chambre de l'hôtel particulier. La suite royale, avec la maquilleuse de maman, les moulures au plafond.

Charlotte la star qui s'isole dans sa caravane pour snifer sa coke au calme.

— Ça me va bien? me lâche Laura en se retournant.

— Nickel.

— Non mais allez, sérieux.

— Super. Sérieux ça te va super bien.

La fête foraine, tous les ans, à cette époque, qui s'installe au parc, avec les caravanes sur le parking de la salle des fêtes.

Pareil que la fête de la musique, les feux du 14 Juillet, le genre de soirées qui donnent envie de se barrer au Mexique.

Parce que notre monde est petit.

Les mêmes manèges que l'année dernière, les mêmes têtes, sur les bancs autour des autos tamponneuses les mêmes bandes de brutus, machin, là, qu'est toujours champion du Jura de kickboxing, qui s'éclate le poing sur le punchingball, là, le truc de jacky avec la flèche qui indique si on est une lopette ou un mutant.

Je vais acheter des barbes à papa. La queue s'étend jusqu'à la pêche aux canards, je reviendrai.

Aux pinces à vingt centimes pour les peluches

et les montres et c'est nouveau, ça, des strings, je ne gagne rien.

Je rejoins Jules et Johannes aux jeux vidéo. Ils me disent on a fait du Jet Ski et du Quad.

Laura lâche une remarque, elle devance les réactions, précise je dis pas ça... heu... c'est pas pour... C'est une remarque sur le type des gens. Des gros, des mégères, des trisos, des paumés. Elle en remet une couche avant que je l'envoie au piquet pour remarque déplacée, elle dit c'est Pété, avec les touristes on s'habitue aux belles Audi, aux blondes hollandaises.

Johannes gagne une peluche de panda au tir à la carabine. Cadeau pour Charlotte.

— T'as claqué dix euros là-dedans, t'as pas toute ta tête, toi.

— C'est un cadeau, ma chérie.

— Qu'est-ce tu veux que je fasse d'un panda, moi ?

— Ça se respecte, un cadeau de son amoureux.

— Ouais mais ce panda...

J'ai presque plus pitié du panda que de Johannes.

— Quelqu'un le veut ? lance Johannes.

Je dis moi et je l'offre à Laura. Qui me fait un gros bisou esquimau, hum. Elle me dit c'est trop laid un panda mais je suis trop heureuse, j'ai envie de pleurer.

Il y a moins de queue aux barbes à papa.

Il est minuit, on se barre. À minuit dix on a tous fini nos barbes à papa et on a soif.

— On n'a pas vu Lou, dit Diane.

Lou c'est un fils de forain qui joue de la guitare. Cette année il devait faire une tournée mondiale.

— Ça te gêne pas que j'aie récupéré le panda ? fait Laura à Johannes.

— J'en ai rien à battre du panda. T'façon j'ai l'habitude. Ça va durer deux heures et après elle aura zappé. Cette fille, j'la connais comme si je l'avais faite.

Des néons bleus ou verts dans les vitrines, des voitures rangées le long du trottoir et d'autres qui passent, lentement, puis une à toute blinde, une Subaru ! s'écrie Jules. Se retourne sur Johannes, tu l'as vue la Subaru ?

— C'est allé, ce soir ? je fais à Diane.

— Ouif... non mais c'est un peu con. Quand j'te vois avec Laura... Et puis quand je vois Charlotte et Johannes.

Johannes a entendu son prénom et s'imagine que ça chipote sur l'histoire du panda.

— C'est bon, s'énerve Diane. Arrête de te prendre pour le centre du monde, toi.

Le parking du camping avec un sac plastique blanc qui tourbillonne à ras le sol.

Un emplacement avec une caravane et une table de jardin et un homme qui lit à la lumière d'une lampe à gaz en face de sa femme qui remplit des cartes postales de *bonjour à tous*.

J'essaie la petite hache. En hommage au père Castoche. Je lui coupe sa tête au chien, beuah je ferme les yeux quand ça tranche. Par contre je rigole bien quand les piranhas lui croquent les oreilles.

Sur la terrasse, Diane et Laura jouent à se lancer le panda avec Jules qui fait la grenouille au milieu.

Je me réveille à neuf heures, je vais me balader.

Un pêcheur dans sa barque, d'une épuisette télescopique, titille le panda en peluche fourré dans les branches et les roseaux. Je dis bonjour monsieur, il est à moi ce panda. Le pêcheur a les cheveux blancs, une queue-de-cheval, une moustache. Il me reluque bizarre et dépose le panda sur une souche à ras la rive. Je le saisis à l'oreille, je calcule qu'il lui manque une patte, je le ramène aux tentes.

Johannes, qui s'éjecte de son igloo pire qu'un goret, bouaaah, qu'il beugle en se fracassant la carcasse sur le sol. Chui mort, il baragouine, étalé pire qu'un type qu'aurait sauté de la tour Eiffel à plat ventre. Bien dormi ? il me siffle en se relevant tel Grosminet qui vient de se manger un mur de brique.

— Ça va.

Sauf qu'il n'y a pas l'empreinte de son corps.

J'hésite à lui demander si c'est réglé avec Charlotte, j'opte pour la patte du panda. Il me dit c'est moi qui l'ai balancé à l'eau, ils jouaient et p't-être j'ai déraillé, j'ai pété mon câble, sûrement t'as entendu, j'avais sommeil alors voilà. Il me promet sur la tête de Charlotte que le panda avait les deux pattes intactes.

J'hésite à froncer le sourcil, en bon Sherlock de pacotille. Johannes me conseille de l'oublier. Il est maudit, ce panda.

Julie-Marie et Quentin sont morts. Chacun une balle dans la tête, dans le QG, leur cabane de branches sur le chemin qui fait le tour du lac.

Sans vouloir faire le malin, quand même ça m'agace toute l'agitation. Les photos sur les voitures, sur les vitrines, à Shopi, avec des cœurs, des bisous. Les hommages des magasins, au Rouget bière à volonté le lendemain. Les drapeaux blancs, les tronches des gens, la messe, la marche silencieuse, les sourires. Les souvenirs, tout le monde s'approprie l'histoire. Tout le monde s'en foutait de Julie-Marie et Quentin, aujourd'hui tout le monde les a bien connus. Il était venu nous vendre des billets de tombola, oh qu'il était mignon... pourtant tu ne lui en avais pas acheté, de billet de tombola, bouffonne.

Et les parents, les pauvres, ils sont invités à bouffer tous les soirs jusqu'en 2030.

Pire que si tu gagnes à l'Euromillion.

Madeline s'en veut de les avoir traités d'enculés. Charlotte s'en veut d'avoir fait la gueule à Johannes pour une histoire de panda en peluche. Jules dit que c'est les barbares de Foncine, c'est bien leur genre de tirer sur des enfants.

Laura voit ça comme un message, une alerte : la prochaine c'est votre Madeline, alors dépêchez-vous de jeter à la poubelle tous vos CD de rap et filez acheter l'intégrale de Slayer.

Cette rivalité à deux balles, il faut bien que j'en parle. Nous on écoute du rap, eux ils écoutent du métal.

Mais bon, si les gars ils ont que ça à foutre de flinguer nos potes parce qu'on n'écoute pas la même musique qu'eux. Si ça les amuse. Enfin, si ça les occupe.

Tant qu'ils ne touchent pas à ma sœur.

Minuit et on investit la grande plage. Je remarque de la lumière à Pearl Harbor et ça doit être une bande de têtards qui font un feu et qui chantent « Bob Morane contre tout chacal ». Charlotte veut y aller, elle dit une expédition commando, opération dégommage d'une bande de têtards.

En fait c'est Lou, le forain, notre guitariste de génie.

— C'est une star ? fait Madeline.

— Un peu que c'est une star.

— C'est rien qu'un môme, fait Johannes. Il a même pas quatorze ans.

— Il en a au moins vingt-cinq, fait Diane.

— Oh les amis !

— Hé, Lou !

— Vous avez mis le temps, sacré bon dieu.

— Ça va, Lou ?

— Toi tu crois que ça pourrait mal aller.

Posez vos fesses, nom d'un chien. À bloquer comme des dominos...

— Et la tournée mondiale ? T'as déchaîné les foules ?

— Parce que tu doutes de ma cote ? Tu t'imagines que seul le premier rang était occupé, toi ?

J'explique à Madeline, Lou il est divin, quand il joue c'est à tomber. Il joue de quoi ? elle me demande. Il joue de la gratte. Mais il n'en joue pas comme un têtard, lui. C'est quoi de la gratte ? elle me demande.

— Parce que j'ai une tête à postillonner dans un didgeridoo ? lui jette Lou à la pauvre Didine.

— C'est de la guitare, dit Laura à Madeline.

— Bah tiens, je l'entends qui se réveille...

— Ta guitare ? je dis.

— Ma titine, oui.

— Elle a un prénom ta guitare ? demande Madeline.

— Et toi t'as un prénom ?

— Moi c'est Madeline.

— Qu'est-ce tu crois. Bien sûr qu'elle a un prénom. Sauf que c'est pas tes affaires.

— C'est pas Titine ?

— Dans l'intimité, je ne l'appelle pas Titine.

— Parce que tu lui parles, à ta guitare ? demande Diane.

— Quand elle me parle, je lui réponds, oui.

Il se lève et s'enfonce dans les roseaux. Je rajoute deux bûches au feu, Jules balance des roseaux morts et je lui gueule mais t'es con, andouille, on va s'en prendre plein les tifs.

On ne peut pas dire qu'il chante, Lou. Plutôt se contente de chuchoter les paroles comme une poésie qu'on se répète dans son lit.

En plus il se colle un bout de liane au bec. Et le crame juste avant la première note et assez vite le machin s'éteint et il n'y retouche plus avant la dernière note.

Le garde au bec tout du long et ça lui ramollit encore plus le flow.

Je me plante la tête dans les jambes croisées de Laura.

Ça rappelle un week-end de l'année scolaire. On se réveille habillé on ne sait pas où, plein jour, des silhouettes qui bougent autour, la scène prend forme, ma sœur Diane qui sort de l'eau, me dit ça y est tu te réveilles, toi. Le visage de Lou le forain guitariste. La cheville de Laura ma chérie sportive. En direct de Pearl Harbor.

— Amène voir ta gueule, toi, lance Johannes à Jules. Oh mais il a de la barbe !

— La boucle, toi.

— T'as de la moustache ? rigole Diane qui se sèche dans une serviette que je ne connais pas.

— Qu'est-ce ça peut t'foutre.

Jules se cache la tête dans son tee-shirt et envoie valser à l'aveuglette une poignée de galets.

— Déstresse, wouhow. On a rien dit de méchant.

Un coup de jus qui donne l'élan pour s'élever et ramener les guiboles et atterrir sur les semelles. Se propulse le buste en avant et se retrouve le museau à ras le pif de Laura.

— Tu la vois, toi ? Tu la vois ma moustache ?

— Si tu criais pas, peut-être que je pourrais la voir.

— C'est ça, je me suis échappé de ma cage. Je me fais bronzer sur la plage, venez tous, c'est demi-tarif aujourd'hui.

— Oh ouais ! s'excite Johannes. C'est un euro au lieu de deux euros. Pour venir admirer une créature comme vous n'en avez jamais vu de votre vie, comme vous n'en reverrez plus jamais.

— Je suis comme les éclipses, moi. Des barnabés comme moi y en a qu'un par siècle.

— Pour un euro ! s'exclame Johannes. La prochaine tête de nœud à moustache que vous verrez se faire bronzer autour du lac de Clairvaux ce sera dans quatre-vingt-deux ans. Faut pas rater ça, mesdames messieurs.

— L'attraction de l'année est chez vous, se lance Charlotte. Il s'appelle Jules Nadar, il a seize ans.

— Quinze.

— Il a même pas seize ans, c'est extraordinaire.

— Je les aurai le 10 novembre, dit Jules.

Charlotte et Johannes beuglant leur baratin sur la moustache de notre Jules de quinze ans, beuglant, debout, et s'agitant pire que des vieux dézingués. Des grands coucous direction la grande plage pleine de clients potentiels, de gros lards à la con, vieux Hollandais qui ne s'arrêtent jamais de sourire bêtement, au ciel, aux cygnes, aux femmes de leurs voisins de caravane, aux filles de leurs voisins de caravane.

— Et pour un euro de plus, vous aurez le droit de la lui caresser, sa moustache.

— Si vous déposez un second euro dans la mimine de ma louloute aux fesses de bronze, la plus canon de toutes les poulettes de la région. Si dans sa paume vous lui déposez...

— Un deuxième euro.

— Eh bien vous aurez le droit de lui caresser la moustache à notre ami Jules.

— Sauf qu'elle ne porte pas bonheur.

— Mais elle ne porte pas malheur.

— Elle vous adoucit le toucher.

— Si vous avez envie de vous alléger la personne, c'est la moustache de notre ami Jules...

— Né Jules Nadar.

— C'est sa moustache qui s'en chargera.

Mario le cousin de Johannes est revenu d'Espagne. On ne lui dit rien de la baraque de Damien. Je lui dis que Madeline est la petite sœur de Jules. Que non Diane n'a pas de nouveau chéri. Oui elle a reçu tes courriers. Non on ne va pas chez moi, on va chez Laura. Ses parents ne sont pas là ces jours. Laura c'est ma copine, oui. Elle habite dans le camping. Diane elle doit être au lac.

Sur la terrasse, Laura lui dit tu bois quoi,

Mario ? verre de quoi ? de bière ? sirop ? j'ai du sirop de pêche, oui ? pêche ? et elle demande si quelqu'un d'autre pour un sirop de pêche ? et Madeline lève le doigt alors deux, deux... et trois avec moi, dit Charlotte.

— Ma parole, comment il fait chaud en Espagne, dit Mario. On a eu des journées à quarante-cinq degrés, nous.

— Ici on est montés à quarante-sept, dit Jules.

— Bah en Espagne on a eu des journées à cinquante-deux, dit Mario.

— Hier, ici, il faisait cinquante-quatre, dit Jules.

Laura dépose les trois verres de sirop de pêche sur le plastique de la table de jardin.

— Ma parole c'est de la folie comme c'est pas cher, là-bas. Un paquet de clopes c'est deux euros cinquante.

— Ici ça a baissé, maintenant c'est trente centimes, dit Jules.

— Eh ben moi je me suis baqué dans l'océan. Oh comment que c'est de la folie de nager dans l'océan.

— Ah ouais ?

— Et Diane, elle est toujours au lac ou quoi ?

— Elle doit être avec le guitariste, dit Madeline.

— Elle s'en fout... lâche Mario.

La baraque de Laura c'est tout ce que je ne peux pas blairer. C'est le piano qui ne sert à rien, les affiches de lavis bleus sur fonds bruns de

Rodin et un mur crucifié de petits cadres avec une de ces cartes postales, celles avec la photo d'un grand gars et une citation signée de son nom : *Il faut danser la vie*, Nietzsche, ou : *J'ai un projet, devenir fou*, Dalí.

Je rajouterais bien : *J'ai un jet de pro, je vous pisse à la raie*, Lionel Elpich.

Accompagné de Laura et Charlotte, je rejoins Diane et Lou, la grande plage.

— Ça va, Lou ?

— Moi je ne réponds jamais à ça va, m'achève Lou. Toi tu me dis ça va, moi je te dis va te faire foutre, crétin.

— C'est cool.

Je dis à Diane qu'elle serait gentille de passer dire bonjour à Mario.

— Oh il me soûle.

— Tu l'as même pas vu, lui dit Charlotte.

— Ses dix mille lettres d'amour elles m'ont soûlé. Moi je suis pas amoureuse de lui. Je m'en fous de lui.

— T'as une copine, toi ? je demande à Lou.

— Qu'est-ce tu penses que j'ai zéro copine. Moi j'en ai dix en Allemagne, j'en ai trois en Arménie, j'en ai deux en Autriche.

— Tu les aimes toutes ?

— Bien sûr que je les aime toutes.

— Tu les aimes toutes parce que tu les vois jamais, dit Laura.

— Surtout parce que t'es un mec, dit Charlotte. C'est plus facile pour les mecs d'être amoureux.

— Je les aime toutes parce que je les kiffe toutes.

— C'est ce que j'dis, c'est plus facile. Un mec, suffit qu'elle vous plaise, vous tombez amoureux.

— Ça c'est vrai, dit Diane. Moi je le kiffe, Mario. Il me plaît. Et il me soûle.

— Y a des filles qui me soûlent, dit Lou.

— Elles te soûlent quand elles te plaisent pas, dit Charlotte.

— Je peux te poser une question, Lou ? demande Laura.

— Oui.

— Elle te soûle, Diane ?

— Mais tais-toi ! rugit Diane.

— Parce que toi, tu lui plais, revient Laura.

Diane lui tape sur la tête à Laura, lui grimpe dessus. Lou se lève et ramasse sa guitare et sa serviette et remonte vers le camping. Diane est à cheval sur Laura et se fige, dans un visage blanc, le regarde s'éloigner, la bouche qui fait une bulle.

— Alors ?

— Alors quoi ! me crache Diane en reprenant ses esprits.

Sur le retour, Diane et Laura se tiennent par la main.

Dans la cour chez Laura, Johannes et Mario jouent au foot américain avec une bouteille de Get.

— Mario, tu peux venir ? lui lance Diane.

Ils partent direction le lac. J'attaque une bouteille de liqueur de sapin. Laura joue au Rummikub avec Madeline sur la terrasse.

Diane déboule en furie, claque la porte, il me gonfle ce gars. Putain il me gonfle. Il m'a répété dix fois qu'il m'aime. Mais je t'aime... je t'aime... elle piaille avec une voix de trompette rouillée.

J'éteins ma cigarette dans le cendrillon sur la malle à picole.

— En plus il pouire la menthe.

— C'est à cause qu'il pouire la menthe qu'il te gonfle ?

— Va savoir, tiens. Un mec qui te répète dix fois qu'il t'aime avec une haleine de Get, quand la menthe rien qu'à sentir ça te fout la gerbe...

Puis Jules rapplique comme une voiture à trente kilomètres-heure en cinquième vitesse, le moteur en folie, les mots en désordre.

— Où qu'il est l'annuaire ? Moi j'en peux plus. Ce Johannes moi j'en peux plus il me faut un annuaire. Moi ce Johannes, moi c'est qu'un bâtard, passez-moi l'annuaire. Ce Johannes et son bâtard de cousin et sa catin de Charlotte mannequin des podiums du Tour de France pour remettre le bouquet de tulipes au vainqueur de l'étape.

Il va boire au robinet de la cuisine. S'essuie le museau du revers de la main.

— C'est toujours pareil avec ce pote à deux sous. Avec son cousin et sa chérie ah ils me dominent. Ah ils se croient plus forts à trois mais moi je suis le proprio à vie du revolver.

Il sort le flingue de sa ceinture.

— Je le garde pour toute ma vie. Et j'ai besoin de l'annuaire pour étouffer le bruit. Pour faire sauter la cervelle du cousin ou je vais réveiller tout le quartier, tout le camping. Encore qu'il n'y a plus grand monde depuis que j'ai niqué la vie des deux petits. Oui c'est moi l'assassin. C'est moi qui ai logé une balle à chacun des deux petits, en pleine tête, un coup de flingue chacun et ils sont tombés raides morts les petits.

— Arrête de dire des conneries, Jules.

— Hélas je dis pas des conneries. C'est moi qui ai tué les petits.

Je vais voir Johannes, Mario et Charlotte devant la maison sur le banc dans la cour et ils me disent de laisser tomber, c'est minable et je leur dis non, pour une fois c'est sérieux, c'est Jules qui a tué Quentin et Julie-Marie. Je rentre dans la maison.

— Et je suis une cloche ! gueule Jules.

Diane m'explique rapide : Jules a voulu se mêler de l'histoire entre moi et Mario, Mario discutait avec Johannes, Johannes essayait de le raisonner, avec l'aide de Charlotte, Charlotte a envoyé bouler Jules, lui a dit casse-toi sale cloche.

— Johannes m'a envoyé me faire foutre. Mario m'a envoyé me faire foutre. Johannes et Mario c'est rien que deux merdes de chien, eux. Je vais téléphoner à mon oncle qu'est balayeur à Dole et je vais lui demander de venir nettoyer le quartier de ces deux crottes. Donnez-moi l'annuaire téléphonique, je connais pas son numéro à mon oncle.

Laura monte à l'étage avec Madeline sous l'aisselle, la protège de la furie du Jules Nadar qui s'en prend aux verres sur la malle à picole, à toute la vaisselle de la cuisine, éjecte tout des placards, la belle cuisine aménagée, et il envoie même les fourchettes à gigot, la friteuse qui turbinait parce que Diane avait faim, avait rempli la machine d'huile, Jules arrache tout et nous l'envoie dessus.

— Paraît que j'en ai pas assez dans la tête. C'est ce qu'il m'a dit, Johannes. Il m'a dit c'est du sérieux alors tu vas te coucher. Il m'a dit t'as rien dans le crâne alors tu dégages. Alors moi si j'ai rien dans le crâne eh ben vous voyez j'en ai plein dans le bide. J'en ai plein dans les biscotos, moi. Je suis un maxi mastoc. Moi je suis un Dédé Agassi. Tout ce qui m'arrive dans la figure je le tabasse. Et surtout ce qui vient de l'Est comme Johannes. Toute la Russie. Moi j'en ai assez dans les biceps pour vous assommer tous.

On attend planqués derrière le canapé. Johannes, Mario et Charlotte sont rentrés, nous ont rejoints. Charlotte me serre la cheville, de l'autre main tient celle de son poussin Johannes.

Diane me ceinture le torse. On est tous en fouillis, empilés. Et le canapé qui me goutte son huile bouillante sur le bout du nez.

— Moi je suis une cloche, hein. Moi je suis une cloche. Il m'a dit toi t'es une cloche. Il m'a dit tu peux rien comprendre toi t'es une cloche et une cloche ça fait ding dong c'est pas fait pour comprendre. Eh bien moi je vous dis que c'est vous les cloches. C'est vous le tas de cloches et moi je suis Jules l'assassin, je suis le mec qui va au bout. C'est moi le seul couillu de l'histoire. C'est moi le vrai gangster. Pas Johannes avec ses déguisements de star des États-Unis ou Lionel avec ses chansons tristes et ses airs de la montagne suisse.

Je me lève, je crois qu'il n'y a plus rien à craindre. Et je m'approche et je me prends dans le pif la citrouille en pétard de l'ami Jules mais je m'en fous. La tignasse consumée aux trois quarts, faut s'écarter ça va éclabousser mais je m'en fous. Il se met à cavaler dans le salon, en rond, Laura redescendue panique pour les objets précieux mais Laura laisse-moi gérer la situation. Et Jules, viens avec moi. Prends la porte avec moi.

Il prend la porte avec moi.

Derrière ils balisent, je pige, se précipitent à la rescousse au cas où, et Jules les calcule et fait demi-tour et chope Johannes à la gorge et lui braille t'es un laid, le relâche, tu mérites même pas une pute comme Charlotte, s'arrache en courant, saute le muret et trace et à chacun des arbres qui délimitent les emplacements dégaine un coup de savate.

Je lui saute dessus.

À terre, Jules en furie alors je crispe les failles, Jules tu te calmes. Jules tu m'écoutes. Et je tente de le raisonner. Que ça sert à rien. Peut-être que ça fait du bien mais calme-toi. Pis Johannes tu t'en carres de lui, y a moi, y'a les autres, moi je t'adore ça tu le sais. Y'a pas que Johannes, nous deux on est comme des frangins, ça tu le sais, Jules. Et puis Johannes il exagérait. Demain il s'excusera. Et puis laisse les arbres tranquilles. Pis tu vas réveiller tout le camping et y a des crétins qui vont aller se plaindre à l'accueil, on va se faire serrer, allez Jules. C'est bon. Laisse passer. Pleure un bon coup. On va se balader sur la plage, viens on va se balader. On va se baigner. Viens on va sauter depuis l'arbre.

On s'assied sur la plage et il me dit avec des larmes, avec ses mots pourris parce qu'il est foutu, il n'a plus rien, ni gorge ni salive, il me dit c'est moi qui ai tué Quentin Julie-Marie. C'est moi Jules meurtrier. Va me balancer à police 911 et vous allez tous plonger dans le mixeur parce que c'est moi le meurtrier de Quentin et Julie-Marie. Ils la faisaient tourner en bourrique notre Madeline hein que t'es d'accord. Ils la prenaient pour leur esclave hein que t'es d'accord. Et moi je lui fais peur à Madeline. Moi elle flippe de moi hein Madeline. Hein t'es d'accord Lionel. Madeline elle a la flippe de Jules, hein que ça se voit. Quand je lui adresse un mot elle recule de trois pas. Lionel protège-moi. Lionel je vais m'excuser devant leurs parents aux deux petits. Jules tu restes là. Lionel je vais lui bousiller sa gueule à Johannes. Non, Jules. Lionel tu crois... Tu fermes ta gueule, Jules. Je te laisse là une heure ou deux et je viendrai te chercher et tu me diras à ce moment.

Dans le salon chez Laura ça se détend, aux coins du canapé ça se marre. Je me pique sur le rebord de la cheminée. Charlotte dit à Johannes qu'il y est allé un peu fort, nous dit à nous c'est vrai il a été vache avec Jules, et Jules on le connaît, on sait comment il s'emporte, on sait les proportions que ça peut prendre avec Jules.

Diane bondit sur l'occase pour mettre les choses au clair avec Mario. C'est comme ça. C'est pas forcément de ta faute à toi, le problème c'est moi, en ce moment j'ai pas envie d'avoir un copain et c'est tout.

Il est mal, Mario, ça se voit. Johannes lui dit on va rentrer chez moi, on va dormir chez moi.

Mario se lève et fait le tour. Ma paluche moite et les joues rouges des filles — même celle de Diane, classe. Charlotte se lève, nous dit je rentre avec eux.

Les trois se dirigent vers la sortie, et Mario, la poignée dans la main, en tout magnifique latin lover grand-guignol qu'il est, la bouche à demi ouverte, les cordes vocales hésitantes et la glotte alerte, nous coule un dernier boléro cubain :

¿ Que te importa que te ame, si tu no me quieres ya ?
El amor que ya ha pasado no se debe recordar.
Fui la ilusión de tu vida, un dia lejano ya,
Hoy represento al pasado, no me puedo conformar.

Laura nous jette dehors, elle doit ranger le salon, passer la serpillière. Et non elle n'a pas besoin d'aide.

— J'ai besoin d'air, elle dit.

Je passe à la grande plage avec Diane. Jules est toujours assis face au lac.

— T'en es où, Jules ?

— J'ai pas bougé, tu vois.

— T'as réfléchi un peu ?

— Oh ça va, joue pas le père. Je suis bloqué, Lionel.

— On est dans la merde, Jules.

— Je suis bloqué, j'te dis.

— Tu t'es jeté du pont tout seul, Jules. Personne t'a poussé. Sauf que t'as oublié que t'étais encordé à tes potes. T'as pas pensé que tu n'étais qu'un maillon de la chaîne, et t'as entraîné tout le monde dans ta chute, Jules.

— T'es un marrant.

— Ah ouais, je suis un marrant ?

— J'te dis que je suis bloqué. Tu comprends, Lionel ? Je te dis que je suis paralysé. Je suis en fossile.

— Et c'est moi le rigolo ? je lâche en lui donnant une tarte sur la tête, et je me lève, je dis à Diane viens on s'arrache, je suis fatigué de ces conneries, je vais me coucher, moi.

Je me réveille tôt, même sans Laura, et Diane est déjà debout, elle me dit toi aussi t'as du mal à dormir en ce moment ? Il n'est pas non plus huit heures du matin, mais en s'étant couchés à quatre heures, se réveiller à dix, ça veut quand même bien dire qu'on n'a pas le sommeil tranquille.

— J'ai fait un beau rêve, me dit Diane. J'ai rêvé que NTM remontait sur scène. Et NTM, c'était nous. C'était toi et moi et on avait le même prénom dans mon rêve, on s'appelait Tain. Comme p'tain, tu vois.

— Le maréchal p'tain ?

— Non, p'tain comme putain.

— Oui, j'avais compris.

— Ah c'était de l'humour...

— C'était un jeu de mots.

— Lionel, tu sais bien que je déteste les jeux de mots.

— Excuse-moi, Diane.

— Oui, et on s'appelait Tain et notre CD on l'avait enregistré en collaboration avec Lou. Alors le titre de l'album c'était Tain-Tain et l'ami Lou.

— Je croyais que tu détestais les jeux de mots.

— C'était un rêve, oh.

Laura rapplique avec Madeline, elles nous disent on vient de passer sur la grande plage, il y a Jules assis au milieu des touristes, il dit qu'il ne peut pas bouger, c'est quoi ce bin's ? On descend à la grande plage et en effet, drôle d'image que ce Jules Nadar habillé, tache verte — couleur de son tee-shirt — au milieu des blondinets hollandais blancs comme craie qui virent fraise à la crème. Dis donc, Jules, qu'est-ce tu nous joues, là ? Tu vas te dépêcher de nous suivre. Dis donc, Jules, tu peux me répondre quand je te parle.

— Je peux te répondre mais je peux pas te suivre.

— C'est quoi ce micmac, Jules.

— Je suis paralysé.

Il se met à chialer. Et ça lui coule tout sur les joues. Enfin c'est normal mais il devrait s'éponger les yeux des poings. Il renifle c'est normal mais il ne s'essuie pas les cernes, il ne peut pas, il est bloqué pour de vrai.

On le porte à trois, Diane, Laura et moi, jusqu'à la baraque, où on le dépose sur le canapé.

— Qu'est-ce qu'on fait de toi, maintenant ?

— Vous pouvez toujours me tirer une balle dans la tête. Prenez le flingue, dans ma ceinture, là, je le sens. Depuis hier soir il me fait mal. Me rentre dans le foie.

Charlotte et Johannes rappliquent, Johannes nous dit j'ai descendu Mario à la gare, oh ça faisait un bail que j'avais pas enfourché le canasson, oh le retour ça m'a fait du bien les gars, je me suis senti bien les copains. Mon copain Jules si tu savais comme c'était agréable sur la route entre Lons et Clairvaux. Oh je me suis senti revivre. T'en mouftes pas une, toi. Tu fais moins le fier qu'hier soir, dis-moi. Tu fais la boude, Jules ? T'es devenu un pantin et le spectacle n'a pas commencé alors tu sers à rien alors tu encaisses, tu souffres en silence, tu récupères, tu roupilles, tu te fous de ma gueule ou quoi !

— J'ai rien à te dire, Johannes. À part que t'as bien de la chance d'avoir pu enjamber la selle de ton canasson.

On explique à Johannes. Enfin, on se méfie, mais a priori Jules serait paralysé. Johannes semble ravi de la nouvelle et file à la cuisine et revient avec une conserve de maïs. Il la lui renverse sur le crâne et Jules ne bouge pas d'un ongle.

Imparable. Impossible qu'il nous trompe sur ce coup-là. Une telle humiliation, je crois qu'il aurait préféré crever s'il avait pu.

Se saisir de la conserve et se trancher les veines avec la capsule en ferraille.

Jules est paralysé.

— On va pouvoir le punir, dit Johannes. Il mérite un châtiment. Pensez à Quentin et Julie-Marie, les amis.

— On pourrait lui découper une oreille, je propose.

— Oh non, pas ça Lionel, se met à paniquer Jules.

C'est marrant, il n'y a que le son. Le corps ne suit pas. On pourrait s'attendre à des battements d'ailes, à la jambe qui martèle le parquet. On a comme un arbre, finalement.

Un arbre qui parle.

— On pourrait lui couper la bite, dit Charlotte.

Ça me donne une idée, l'arbre. On pourrait lui refiler toutes nos complications. On lui transmet tout, et vu que son corps est éteint il ne va rien pouvoir nous renvoyer et on va le charger à bloc, se délester de tout, le décorer, tel un sapin de Noël.

Diane est emballée. Tout le monde est emballé, cela va sans dire. Et si on culpabilise, Johannes a raison, pensons à Quentin et Julie-Marie.

Une double paire de jambes yo-yo dans la face, tiens. Charlotte et Madeline se déchargent les premières et Diane embraye et lui remet ses deux yeux qui bavent, tiens c'est sans regret, dit-elle... jusqu'à moi mon gros nez tout rouge.

Ça pue, ça tache, on se retrouve ensemble dans la salle de bains, la machine à laver, on se déshabille et s'en fout les filles, nous les gars on s'en fiche si elles nous voient, on bourre tout dans la machine et on envoie tourner.

Un totem. Un sapin de Noël ce n'est pas assez. Et puis c'est l'été.

Un temps à se tailler vadrouiller dans la vallée de la mort.

Ah on se moque. On prend l'apéro avec lui, autour de lui. On trinque entre nous. On lui arrose les panards.

Faut que ça pousse un peu, dis voir.

Les tulipes, alors, où qu'elles sont les tulipes ?

T'as du poil à la moustache, ça y est ? Ben t'en auras bientôt plein la gueule. Oh oui, ça va te pousser jusque sur le bout du nez.

Le soir, Charlotte et Johannes ne restent pas. Ça devait être bien, la nuit dernière, dans un vrai lit.

D'ailleurs, on pourrait dormir à la baraque, ce soir. Pour surveiller Jules. Et Laura et moi on a qu'à prendre la suite royale de Charlotte. Un plan à trois avec Madonna.

Midi vaisselle du petit déjeuner et Charlotte et Johannes rappliquent, Johannes me saute sur les épaules et me pince les joues, on appelle ça risette, tête de hamster, oh Johannes détends-toi.

— Je suis détendu, Lionel. Je me sens doux, si tu savais.

— Moi aussi, c'est vrai.

— Oh, moi aussi, dit Charlotte.

Qui donne à manger à Jules. Et elle fait comme avec les petits enfants, elle fait l'avion, bzzbzzz avec la cuillère de Chocapic et atterrissage attention Jules on ouvre grand la bouche et hop, et on referme et on recommence.

— Tu serais pas un peu... je fais à Charlotte en agitant une main à hauteur de la tempe.

— Si, je me sens... non pas comme ça, elle répond en reproduisant le geste. Je me sens plutôt...

— Douce?

— Je me sens fraîche.

— Tu te sens mère de famille, femme d'intérieur, ça y est, je dis en rigolant.

Je me sens con de lui dire ça.

— C'est comme s'il me manquait un truc. Une tension. Plutôt une pression. C'est agréable mais en même temps je sens que ça va vite me soûler.

On sort tous les deux sur la terrasse, on se pose chacun sur une chaise longue. La première fois que je me retrouve juste avec Charlotte, pour discuter, comme deux étudiants en ami amie en sortant de l'amphi on va se boire un coup au bar d'en face, ça te dit?

— C'est tes jambes yo-yo qui te manquent, je lâche.

— C'est pas le yo-yo, c'est les fourmis dedans. Dans les jambes.

— Je ressens pareil avec mon nez, je lui dis. Comme s'il était une ampoule et qu'elle avait grillé.

— J'ai l'impression d'avoir deux tuyaux de canalisation à la place des jambes, dit Charlotte. Des tuyaux vides qui traînent sur un chantier, t'sais.

Je passe à la maison, relever le courrier. Sur le chemin je me sens comme un clown qui entre en scène et qui a oublié son nez rouge dans sa loge.

Une enveloppe avec le cachet du ministère de l'Intérieur hop poubelle. Je me pose devant un reportage sur les koalas autrichiens, un verre de sirop de citron, les tomates du jardin.

L'abribus est toujours vivant, je me roule une Drum et sur le banc, noté au marqueur bleu : *la famille Elpich vous êtes morts.*

Avec un point d'exclamation au cas où on y prendrait pour de la rigolade.

La place tapée par le soleil. Le robinet de la fontaine ne coule plus. Le bassin est à sec. Et rempli de charognes de chats, de crapauds et de hérissons raplaplas.

Cette fontaine sera mon tombeau, c'est décidé. Mon corps là-dedans et on la blinde de mortier et on écrit au doigt les formules habituelles, les dates naissance décès, le prénom, un message de mes potes, *à notre ami*, de ma sœur, *à mon grand frère*, et des dessins pour amuser les nuages, des yeux qui louchent et des bouches qui tirent la langue.

Je passe au tabac faire le plein de feuilles à rouler et *Paris-Match* titre « Séries américaines, les français en sont fous. Hier inconnus, leurs héros sont devenus des stars mondiales ».

Je retourne à la fête foraine rien qu'avec Johannes. Au tir à la carabine il remporte une bouteille de champagne. Mieux qu'un panda, quand même. Il me l'offre.

Rien que pour moi. Alors que je ne suis jamais monté dans une formule 1, je n'ai jamais gagné la Palme d'or à Cannes, je n'ai jamais vu New York USA, je n'ai jamais rien bu d'eau, je n'ai jamais rien vu d'aussi haut, oh, c'est haut, je paye trente euros pour le saut à l'élastique. Depuis une grue. Et c'est haut, oh. J'ai la tête qui tourne.

Depuis le temps que je dis que je vais le faire ce saut à l'élastique. Qui rapplique tous les étés. Et il n'y a même pas ma sœur adorée, ni ma chérie du moment.

Et Johannes remporte deux nouvelles bouteilles de champagne au tir à la carabine.

Ces cons ils m'aspergent de flotte, ils me portent jusqu'à ma tente, je leur échappe des pinces et me rétame violent sur le gravier et ils m'abandonnent là, un coup de tatane dans le derche.

On approche le lever du soleil, j'entends le pote Johannes qui raconte mon saut à l'élastique, il a crié, si vous aviez entendu comme il a crié, ça se trouve vous avez entendu, non? parce qu'il a crié... et Diane qui chiale, elle m'agace, je me bouge et je gueule partout, plutôt je baragouine, j'ai du mal à m'exprimer, je vais leur casser la tronche, je vais leur tirer une balle, Diane panique, Johannes me bourre dans la tente, Laura et Diane me veillent, elles croient que je suis dans le coma mais je les entends, Laura dit des choses gentilles sur moi, Diane aussi, c'est normal que je joue le mort, c'est merveilleux, mes deux femmes s'inquiètent pour moi, t'es fin rond et t'en prends plein le cœur, j'ai ce putain de sourire et de la salive plein le menton, sur le maillot, sur le matelas de ma Laura maintenant, je me réveille et je fais pas gaffe à ma Laura chérie, plein de soleil, je fonce à la tente de Diane, la trousse de médocs, trois cachetons hop un verre d'eau et la grande plage, Laura en friche, bon, faut que je dise quoi, oui j'assume, Diane, Laura, je m'excuse, je vous remercie.

— On est dans la panade! nous braille Johannes qui était monté au snack s'acheter un beignet à la framboise. On est dans la panade! Y a Damien!

— Hein!?

— Son bus. Ils sont là, je les ai vus!

— Il est revenu... soupire Madeline.

Comme une fin d'épisode de série américaine. Comme un fondu au noir en pleine scène d'action dans un dessin animé japonais.

— Il est revenu... soupire Madeline.

Ça nous tombe sur la gueule pire que s'il en pleuvait, des bus.

— On y est jusqu'au cou, les gars.

Pire que la mort de madame Marie Mé.

À ce qu'il paraît, elle est morte hier. Johannes a reçu un coup de fil de sa mère : la mamie que vous enquiquiniez autour de chez Diane et Lionel, eh ben elle est morte hier.

— Il pouvait pas attendre la fin des vacances, merde.

Pire que tout, comme on dit.

— T'en penses quoi, Madeline ?

— J'aimerais bien aller lui dire bonjour... mais après je voudrais revenir avec vous.

— C'est pas possible.

Johannes lui colle une tarte.

— On te maltraite, lui gueule Johannes.

Voilà, on te bat, maintenant t'as plus envie de rester avec nous, tu vas retrouver ton papa.

— J'veux pas, elle se met à hurler. Je veux pas. Je veux pas.

Johannes lui recolle un pain.

— Je m'en fous, je veux toujours pas.

On ramasse Jules et on file au campement, on regroupe les affaires, on plie les tentes.

— Ça va pas fort, toi, me jette Diane qui fourre une poignée de sardines dans une pochette imperméable.

— C'est de quitter un lieu, je lui dis. C'est moi tout craché, ça. Quand je passe un moment quelque part... Là, ça me fait pitié pour les tentes.

— À mon avis elles en ont rien à foutre, les tentes.

— J'ai l'impression que je suis devenu riche et célèbre. Et j'abandonne mon vieux Jura. Ça me fait de la peine pour mon vieux Jura.

— Il sera content de t'avoir connu.

— Il me reniera. J'aurai honte. Si je deviens célèbre, moi je ne reviens plus jamais ici.

— Les bourgeois du coin, tu crois qu'ils ont la honte ?

— J'espère qu'il dira que je suis resté le même. Que je n'ai pas pris la grosse tête.

— Je vois pas pourquoi.

— Je voudrais pas qu'il s'imagine des trucs. Comme quoi je me suis forcé. Comme quoi je suis un hypocrite, t'sais.

— Je vois pas pourquoi.

— Je trouve bizarre de pouvoir être bien ici, avec vous, avec toi, Madeline, avec des mecs et des filles qui ont six ans de moins que moi. Et de pouvoir être bien à Besac, avec ces étudiants qui me pètent les couilles mais je m'en accommode, dans le fond. Et de pouvoir être bien avec papa Gustave, même s'il me pète les couilles. Et je ne suis pas un hypocrite.

Jusqu'à minuit on poireaute sur un tas de gravats, avec vue sur la baraque, la fenêtre du salon allumée, le grand bus jaune sous la lune. Ah la belle arnaque. Une bande de gangsters de mes coucougnettes.

— Une bande de lopettes, lâche Johannes qui se remue le derche, fouille dans son sac, passe le flingue à Charlotte.

— C'est à moi d'y aller, dit Charlotte.

Flinguer Damien.

— T'es sûre ? lui dit Laura.

Elle va flinguer Damien.

— Tu tiens le coup ? je fais à Madeline.

À peine deux minutes et on file à la baraque. Damien la tête dans l'évier de la cuisine. Il faisait la vaisselle, nous dit Charlotte. Johannes et moi on le prend aux pieds, on le traîne jusqu'à la salle de bains, on le fout dans la baignoire.

On ouvre le robinet. Avec deux seaux on chope les neuf piranhas dans l'aquarium et on les lâche dans la baignoire et on ferme la porte de la salle de bains.

Johannes nous a mis du bon son dans le poste et ça supprime tout le côté glauque de la situation et c'est tant mieux parce que c'est bidon quand c'est glauque.

On ramasse, on collecte, on va tout fourrer n'importe comment dans les soutes du bus jaune et obligé on égare du matos... ma serviette de plage, elle était sur une chaise sur la terrasse... Diane l'a prise, me dit Johannes. On vide les placards et le frigo. On pense même aux allumettes.

Et puis on cède. On détruit le totem Jules. On récupère nos complications. Telles des hyènes affamées on se jette sur l'ami Jules et on lui décolle chacun notre particularité, on se la réapproprie, et limite on jouit tellement c'est bon de se retrouver. Oh mon gros nez tu m'as tant manqué. Sans toi je me sentais si con. Je me sentais si cruche, dit Diane à ses yeux baveux, oh mes mirettes je ne vous abandonnerai plus jamais, je vous le promets. Oh mes tulipes, on gueule tous en même temps. Jules tu es notre grand maître, et on se prosterne. Comme dans *Les Tortues Ninja* tu es notre professeur, notre loi, notre rat, notre chef, notre point de raccord.

Son ventre en cul plus énorme que jamais. Besoin de deux sièges pour l'asseoir dans le bus. Oh maman regarde le monsieur comme il est dégoûtant, il déborde de partout.

On décolle, il est une heure du matin. C'est moi qui tiens le volant. Moi le seul type majeur de la bande.

On fait une pause chez Charlotte. Qui nous ramène un gros sac de fringues, elle a tout pris, tout ce qu'elle n'ose jamais porter parce que ça flashe ou que c'est trop décolleté. Puis une pause chez Johannes, qui ramène des CD, dont le premier album de Dizzee Rascal, un rappeur anglais, la traduction française du titre de l'album : un garçon dans le coin.

— Le Damien, en tout cas, chapeau, je fais à Didine assise derrière moi. C'te merde que c'est à conduire, un bus.

On fait coucou au bar-brasserie *À la Fontaine* place du 8-Mai, au magasin Photo Séduction, à *Clairvaux-les-Lacs* rayé d'une oblique rouge, au dos de la croix verte qui annonce les horaires de la messe.

Je prends direction Étival, la D67. Un cran au-dessus de la route 66 et un étage sous l'année 68. On se retrouve coincés là, entre sixty-six et soixante-huit. La départementale 67, le Jura, 39, le trois-neuf, le verlan de neuf-trois dédicace, moi je représente le trois-neuf, en direct de la D six-sept, et six fois sept quarante-deux, et quarante-deux moins trente-neuf égale trois, c'est ça, il est trois heures du matin.

Je suis nase. Les biceps en compote. Le parking dans les bois, je roupille quelques minutes.

Il est six heures du matin finalement, je fais vrombir l'engin et Johannes m'incendie de l'avoir réveillé en même temps que le soleil.

— Bon, c'est pas tout ça mais on va où ?

Charlotte derrière à côté de Madeline dénoue son écharpe, une sorte de boa en plumes blanches. Le genre qui se renvoie en arrière avec l'air de la star qui se retourne pour les photographes. Puis me l'enroule autour du cou.

— Oh qu'il est mignon.

— Un amour, dit Diane.

— C'est le mien! dit Laura. C'est mon p'tit Lion.

— Il te manque que le cigare, m'envoie Johannes. On dirait un mac.

— On dirait une tafiole, dit Jules.

— On a qu'à aller en Suisse, dit Laura. On va chez Jean-Luc Godard et on lui pique un cigare.

— On a qu'à faire le tour du Jura, propose Diane.

— Même le tour de Clairvaux, vu l'essence qui reste, je les calme.

— Ce rapace, le père Damien, rugit Johannes.

— Ce radin de la vie, je confirme à Johannes. Il aurait pu nous faire le plein. On lui saccage sa baraque, on lui colle une balle dans la boîte à zique, on lui carotte son bus, sérieux Damien t'aurais pu nous gaver le réservoir.

— T'façon c'est pas en faisant du cinq à l'heure... miaule Charlotte.

— Tu dis quoi?

— Je dis qu'à cette allure, on va pas aller bien loin.

— C'est vrai qu'on roule pépère, dit Laura. Le paysage qui défile, c'est pas super captivant.

— On aurait mieux fait de voler un train, dit Diane.

Une ou deux minutes et je bifurque sur un

bout de chemin, une branche qui donne sur un champ de grandes herbes et je ne me pose pas la question du proprio comment on lui nique sa bouffe à bovins, je trace plein milieu et tellement les herbes sont hautes, dans mon dos ça glousse qu'on s'enfonce sous la terre, la route c'est une tranchée, je vous emmène visiter l'enfer.

Tu parles, c'est le vieux terrain de rugby.

Sans prévenir, je colle un violent coup de semelle à la pédale de frein et pas la peine de grogner les empaffés, ici c'est moi le pimp, ici y'a un pimp et un tas de putes et de gigolos et le pimp c'est moi alors vous tenez tranquille vos claque-merdes, oh ! hou ! hein ! et en m'étirant je me dégaine une moue dans le rétro.

Un œil au compteur, quelque chose comme trois kilomètres. À ma montre il est six heures dix-sept. Nous sommes le mardi 2 août

— On aurait pu venir à pied, dit Charlotte.

C'est clair que ce champ, pour nous, c'est pas la lune.

— On a bien fait d'embarquer les vélos, dit Diane.

On a aussi embarqué la brouette. Celle du chien crevé. Pour transporter l'ami Jules paralysé.

— Allez, tout le monde descend ! je gueule comme un pas drôle en pressant le bouton des portes automatiques, qui se fendent d'un puissant soupir.

On arrache l'herbe à la main. À partir de ce que le bus a aplati, on creuse un salon.

Laura sort le camping-gaz, clippe la cartouche et met à chauffer une casserole de flotte. Johannes distribue le couvert, des assiettes en plastique, des verres en plastique, classique matériel de camping.

Pong !

Comme l'explosion d'une centrale nucléaire.

— Putain, c'bruit ! oh c'bruit ! s'excite Johannes.

Un mauvais souvenir. Un cauchemar qui veut pas te lâcher. Et une blindée de tulipes lui trace la colonne vertébrale. Et Diane les yeux en gelée qui lui splatchent sur les genoux. Et Madeline recroquevillée impossible de savoir comment. Elle tremble comme une camée, une fin ronde. Une junkie camée qui m'accoste dans la rue pour deux pièces de monnaie siou plaît. Et Jules il est fou. Il est pas d'accord. C'est injuste. Calmez-vous. Ça ne va pas recommencer.

Je monte sur le toit du bus guetter le nuage radioactif, mais non les gars c'est autre chose, v'là un type, non, fausse alerte, c'est un blaireau qui joue à la pétanque.

— Un quoi ? me lance Laura dans tous ses états, les jambes qui font des nœuds avec les cheveux.

— C'est un bouliste.

Charlotte explose le soutien-gorge, deux tulipes lui sortent des tétons.

— T'es sûr qu'il vient vers nous ?

— Bah ouais, il me fait signe.
— Ce serait pas un flic ? lâche Diane.
— C'est Jean Ju ! J'vous jure, c'est Jean Ju !
Les yeux qui coulent et les tulipes, tout fout le camp.
— Oh c'est mes loustics.
— Monsieur Jean Juuu...
— Je venais m'excuser.
— Encore heureux.
— Je faisais réchauffer des boules de pétanque, ça a pété.
— On a entendu.
— Des boules de pétanque ! s'énerve Johannes en brandissant son poing bouillant.

On l'invite dans notre nouveau salon, nouveau coin de vie. C'est cosy, qu'il trouve.

— C'est quoi cette histoire de pétanque ? relance Johannes.
— Ben mes loustics... faut pas vous imaginer n'importe quoi... j'ai retrouvé le contact d'une vieille amie, une jeune fille mais ça faisait une éternité, et j'ai lu dans *Le Progrès* que son cirque venait jouer à Clairvaux. Parce que c'est une sirène. Une femme sirène, une authentique. Qui travaille pour un cirque d'été qui fait le tour des campings et des villages. Qui se produira à Clairvaux dans quelques jours. J'ai lu ça. Je ne m'en remets pas. Dans ma jeunesse j'étais jongleur. Oh ça doit vous étonner. Je jonglais avec des œufs, avec des balles de golf, hin hin, comme quoi... avec des boules de pétanque. J'avais un numéro avec des œufs et des boules de pétanque.

J'avais séduit Sylvaine, cette sirène, avec mon numéro. Je ne l'ai jamais oubliée cette Sylvaine. J'apprends qu'elle rapplique dans la région et je trouve un moyen de la joindre, elle me dit en effet nous avons une date à Clairvaux, en août, au camping du Grand Lac. Elle n'était pas sûre du jour. Ils viendront par cette route. Ils passeront devant l'ancien terrain de rugby, ça c'est sûr et certain. Ainsi j'attends le chapiteau. Et j'ai repris l'entraînement. Le jonglage, ma magie, ma pétanque et mes œufs. Et j'attends le chapiteau, voilà. J'ai embauché deux connards pour faire tourner le golf. Je dors dans le vieux vestiaire, là-bas. Je m'entraîne devant. Je dors sur un matelas, je me lave à l'eau froide du robinet. Je passe mes journées à dégommer des œufs. Et ce soir c'est une baleine jaune que je trouve échouée là.

Je charge Jules dans la brouette, puis direction le vestiaire avec ce Jean Ju fin caisse qui nous cause toujours.

— N'ayez aucun souci à vous faire avec moi, je ne compte pas vous accabler de questions sur la provenance de ce bus baleine jaune, et pourquoi ceci cela... si vos parents savent, si vous avez du sang sur les mains... je suis un finaud n'est-ce pas, je sens les choses moi, j'ai des antennes... mais je ne vous embarrasserai pas avec des questions sur l'école, sur vos parents, si vous avez des frères, des sœurs, enfin. Voici ma nouvelle demeure. Enfin vous le connaissez ce vestiaire. Et voici ma tambouille.

Un réchaud à gaz et une casserole avec trois boules de pétanque.

— Pourquoi tu fais cuire des boules de pétanque ? lui demande Madeline.

— Dis donc je ne l'avais pas remarqué le petit modèle. Dis donc tu es jolie. Ah non, je vous vois venir, ce Jean Ju c'est un déséquilibré... un type pas net...

— On n'a rien dit, fait Laura.

— J'espère, bon. Oh tu as une beauté. Je pourrais te trouver des airs de machine, je ne sais plus laquelle, une vieille Américaine qui jouait dans des films muets.

— On voudrait tous jouer dans des films muets, je dis à Jean Ju.

— Ah bah... qu'il soupire. Fallait bien que vous soyez des jeunes comme les autres.

— Et la casserole ? revient Madeline.

— Il y a de la curiosité... Il y a de la malice... Et tant qu'il y a un peu de malice, il y a un peu d'espoir, hein.

On se regarde sans rien se dire, un peu fatigués par ses salades.

— Je vais vous montrer, ça ira plus vite.

Il sort les boules de la casserole et y plonge trois œufs. Il craque une allumette, titille le bouton du camping-gaz, pchiou.

Trois minutes on ne décroche pas une parole et lui non plus. On s'égare dans le bouillon. Les œufs parfois décollent du cul de la casserole et roulent. Il retire les œufs de l'eau avec une cuillère à soupe, les dépose délicatement sur un torchon, ferme le torchon et s'éloigne en comptant dix mètres. Il aligne les trois œufs puis revient en moulinant du bras droit avec la main gauche qui lui maintient l'épaule. Il s'accroupit, ramasse une boule et sans viser ni rien, ni le coup d'œil ni le coup de poignet, il tire. Pang sur l'œuf du milieu. Et sans y prêter attention, avant même le pang se saisit d'une nouvelle boule et pang.

Et puis la dernière boule et pang.

On applaudit et il se relève. Avec une grimace de vieux.

— Oh dis donc, toi, il jette à Jules en loque dans la brouette. C'est la mascotte, lui ? il jette à Laura comme si Jules c'était le trisomique de la famille. C'est le gentil débile de service ?

— Il en faut toujours un, dit Diane.

— Le gras du bide de la bande...

— Il faut toujours un gros, dit Johannes.

— On dirait un panda, dis donc.

— Oh ça va, les pandas, dit Charlotte.

— Ces yeux cernés, cet air triste.

— Ça fait une semaine qu'il n'a pas dormi.

— Et il ne parle pas ?

— Si, il peut. Mais ça le fatigue. Il est fragile, vous voyez.

On laisse le vieux à ses boules et ses œufs.

Le terrain de grandes herbes, les buts de rugby, le vestiaire. Dans le fond un bois de conifères, qui nous apparaît comme un ruban flou. Un cadre dépouillé, c'est le moins qu'on puisse dire. Une toile torchée en dix secondes. Tu barbouilles une moitié en vert, l'autre moitié en bleu. Et ma petite sœur de cinq ans pourrait en faire autant. Mais c'est un chef-d'œuvre.

On se retourne et il y a ce salon. Coin tranquille à l'abri du bus, des serviettes de plage pour s'asseoir des cartons de bouffe et le poste de Johannes. On entre dans le bus, notre dortoir.

Je pars seul dans la forêt ramasser des branches mortes. Je trouve carrément un arbre et je le chope à la base et le traîne comme un toutou. Ce soir on va faire un méchant feu, cool.

Hou là c'est la fête du slip. Et pas que du slip, c'est la fête du pantalon, c'est la fête du tee-shirt, de la chaussure à talon. Les filles ont jarté leurs fringues des soutes et les ont toutes étendues devant le bus. Une ligne de pantalons, une ligne de tee-shirts, une ligne de chaussures à talon. Et derrière le bus j'aperçois Madeline en petite culotte et brassière, désolé.

Diane et Laura qui prospectent devant les lignes de fringues.

Elles habillent Madeline avec leurs fringues, un pantalon dix tailles de trop, un petit haut qui lui tombe comme une robe. On dirait qu'elles n'en ont rien à fiche de mon arbre.

— Ça s'appelle la collection j'nage dans mes sapes, me dit Diane. C'est super, hein.

— En l'an 2000 tout le monde s'habillera comme ça, me dit Laura.

— Pouah... lâche Charlotte en s'épongeant le front. Moi j'en ai marre.

— T'en as marre de nous ?

— Exactement. Tu tombes vraiment pile poil. Je commence à en avoir ras la casquette. Ras les couettes, tiens — elle s'est fait plusieurs petites couettes avec ses courts cheveux blonds, aujourd'hui, la Charlotte. Moi je suis pas dans le même délire que vous. Toi Laura et toi Diane... avec vous ça me gave comme c'est toujours obligé de partir en sucette. On avait dit on joue les minettes, on prépare un défilé pour les garçons, mais non obligé faut que vous fassiez n'importe quoi.

Diane et Laura déshabillent Madeline puis s'occupent de leur cul à elles. Essaient tout en vrac, ce petit haut avec cette jupe, ou avec ce short, avec cette paire de gants.

Elles se coiffent. Les quatre filles en petit train. Ça veut dire elles sont assises en tailleur à la queue leu leu et chacune patouille la touffe de celle devant. Elles s'échangent la brosse contre le peigne, la bombe de laque contre un chouchou.

Le petit train se crashe pour se transformer en petit restaurant. Deux dîners en amoureux, en tête à tête.

L'ambiance de l'intimité le soleil est bas, les grandes herbes rouge-orange, le ciel rouge-orange, nos tronches. Et elles n'ont plus rien à se dire, elles se regardent et se sourient tendrement.

Elles s'entraînent à marcher comme des mannequins, avec des talons. Mais comme des mannequins de la campagne. À marcher avec des talons dans un champ.

C'est l'avant-première, nous sommes des privilégiés. C'est la générale. Johannes et moi on est assis sur le toit du bus, et Jules dans sa brouette et Jean Ju à ses côtés. Charlotte accroupie devant le poste et on les entend qui se putain, je stresse... j'trouille j'ai le trac... Nous on s'impatiente, bordel. Jules, tu calmes ta joie ! Si t'es pas content, tu te casses !

— Merci, répond Jules avec du dépit, un peu d'humour aussi.

Charlotte lâche la meute de beats, *OUW!* Mesdames et messieurs, en direct du petit prix du vieux terrain de rugby de Clairvaux-les-Lacs, Jura, comme ils disent aux États-Unis, en pole position la Williams de mister Pharrell, sponsorisée par le chat d'Hugo, c'est *Boys!* de Britney Spears.

Se déhanchent du popotin. Se fusillent de trouille et se fendent la pêche. Vont vite se changer mais fiou, c'est long.

— Oh ça traîne ! gueule Jules.

On saute du bus, on se casse. Trop pourri le spectacle.

Le soleil nous éclabousse dès sept heures du matin, et Diane depuis sa couchette demande si on a entendu les crapauds.

— Les crapauds ? je réponds depuis ma couchette. J'ai même pas entendu les grillons.

— Ça sifflait fort. Un sifflement court.

Elle essaie de les imiter. Siou.

— J'en avais tellement marre, je suis sortie. Oui je suis sortie de la baleine. J'ai hurlé qui est là !

— Et dans l'obscurité... une ombre s'est approchée... et bonjour ma Diane, c'est ton p'tit Lou.

— Bah tu vois que tu dormais pas.

Je les ai vus. Diane est sortie. Et je les ai vus s'embrasser. Après quoi ils sont partis au vestiaire. Diane a dû présenter Lou à Jean Ju, Lou a dû jouer de la guitare à Jean Ju.

Quatre kilomètres à pied à peine et à Shopi on carotte chacun quelques bidules qui nous manquent. Par exemple un rouleau de sacs-poubelles, du sucre en morceaux. On se retrouve derrière la cage des bouteilles Primagaz, se soulage les poches, les aisselles, Johannes son trou à l'épaule dont il sort huit grosses piles pour son poste et hop tout dans le sac à dos.

On coupe par un champ, les gars on passe par-dessus et les filles par-dessous une clôture barbelée. On se paume, croit-on un instant. Mais non c'était par là. Alors peut-être que le bus s'est tiré. Les grandes herbes lui chatouillaient trop le mécanisme.

C'est qu'ils ont fauché le champ. Et les herbes d'un mètre sont roulées en meules.

Ça nous fait drôle pour le champ. Comme un pote qu'on a toujours vu se trimballer la pire touffe sur le caillou et qui se rase à blanc.

Enfin, c'est sûrement une histoire d'habitude.

On file au vestiaire, on toque et quasi sur le troisième knock Jean Ju nous ouvre. Knock knock kno... comme si ça alors, justement j'allais sortir.

Dans le fond du vestiaire, sous un trou dans la cloison, qui laisse entrer un rayon de soleil, Lou et sa guitare et Jules dans sa brouette.

— On n'a rien vu, nous avoue Jean Ju. On était là, on n'a même pas entendu la moissonneuse. On a bien bu, remarque.

On range les courses et Laura dit moi je trouve que ça ne lui va pas, les herbes courtes, au champ. Je le préférais avec ses grandes tiges. Et puis ces meules de foin on dirait des boutons d'acné.

Le ciel se couvre, j'ai mal au crâne. Me cogne à tout, les vitres, les sièges, et Diane n'a plus de cachets.

Laura reste à côté.

— Dis-moi si un gant de toilette d'eau froide sur le front, si un bref câlin, si la conscience à soulager. Mal à la tête c'est signe de, enfin si tu as besoin que je te sorte trois banalités... même si on sait que, enfin ça rassure.

Ça me tape dedans.

Coincé entre le sommeil, pas vraiment parti.

Le sommeil ne veut pas m'embarquer pour de bon. Reste une miette qui résiste et je vois des castagnettes et ça me tape. Je vois Lou assis à l'avant avec sa guitare, on roule, on longe la mer, on a des mouettes et le soleil, et une dizaine de femmes qui dansent le flamenco sur le toit de notre baleine jaune.

Diane et Laura descendent à Clairvaux m'acheter deux boîtes de Nurofen et en reviennent fines tartes.

— Elle était folle sur son vélo, lâche Laura en envoyant dinguer le sien de vélo.

Dans le nez du bus.

— Lou et moi on va devenir les plus grandes stars de la chanson, fait Diane. Diane et Lou, le couple qui va vous déchirer la chatte les nanas, qui va vous exploser le gland les mecs !

— J'étais pas au courant, dit Lou.

— Vous allez chanter l'amour ? demande Charlotte.

— À ton avis, grosse truie. Tu me vois chanter l'amour ? Je vais chanter je vous déteste... je vous déteste... faites la guerre, pas des mioches, y a tellement de cons sur cette terre.

— Prenez des pioches, je vous enterre, y a tellement de monde en enfer.

— La vie c'est moche, je la bégère...

— Y a tellement de bombes dans ma bière, dit Jules.

— Fumez des torches, fumez des blondes...

— Y a tellement de lierre sur ma tombe, dit Lou.

Je ne sais pas si je suis en train de me transformer en gangster, en légende, en simple rock star. Il y a cette paire de lunettes de soleil piochées dans le sac de fringues de Charlotte, j'en suis tombé raide dingue de cette paire de grosses lunettes de marque Carl Zeiss, je ne sais pas si c'est une marque célèbre, peut-être une sous-marque de station-service. Ça fait deux jours que je dors avec.

Je picole dès le petit déjeuner, et je ne tiens pas à m'en vanter.

Comme un étudiant pompeux vous soûlerait de vieilles théories vaseuses sur le monde tel qu'il ne tourne pas rond, l'époque telle qu'elle se débine en tous sens. Je ne rends pas les armes, je ne cherche pas à jouir, à m'habiller, à vous trahir. De la puissance esthétique qu'impose un tel état. Je pourrais profiter, je pourrais en jouer, je pourrais en faire une religion. Johannes l'autre jour me disait, toi Lionel je te verrais bien en gourou. Les gens fondent à tes pieds. Tu devrais recréer un monde et nous le jeter à la face et il nous apparaîtrait beau. En tout cas il serait différent. Alors on serait attirés. Tu aurais des adhérents. Je suis sérieux. Ton avenir à toi, tout tracé, Lionel. Tu as ce pouvoir de séduction. Tu ne te rends pas compte à quel point tu fascines. Tu n'imagines même pas ce que tu représentes pour nous. Pour Charlotte et moi, pour Jules, pour Laura cela va sans dire, et puis alors pour Diane... Lionel tu as un truc. Attends un peu, tout va te tomber sur le nez, Lionel, tu vas tout récolter.

Je passe la journée à tracer dans le champ. Les filles se sont barrées on ne sait pas où, Johannes pète des câbles et moi je m'en fous. Moi j'enchaîne les tours de champ. Mes lunettes de soleil. Moi j'écoute du rap. Mais le rock'n'roll me va si bien. Je suis le Jura. Mais je suis la classe mondiale. Et vous vous moquez de moi et je vous comprends.

Lou vient me choper alors que j'entame mon dix-neuvième tour de champ.

— Tu viens manger, Lionel ?

Johannes a préparé un gros gueuleton. Rien que pour nous les garçons.

— Hier soir je t'ai vu, Lou. Tu embrassais ma sœur... Ça me fait plaisir, Lou. Je suis content que ce soit toi.

— Ben...

— Vous avez couché, hier soir.

— Ben...

— Je vous ai entendu. T'as pas traîné, enfoiré.

— Ouais.

— Tu sais que c'était sa première fois à Diane.

— Oui.

— Tu sais qu'en ce moment elle doit tout raconter aux copines. À Charlotte et à Laura. Et moi je te le dis Lou, moi je sors avec Laura et on n'est pas encore allés jusqu'au bout.

— Ah ouais ? fait Johannes.

— C'est bien pour ça que je te dis que t'y es allé rapidos, vite, franco.

— Elle avait envie, me dit Lou.

— Tu crois que Laura n'a pas envie ?

— C'est toi qu'a pas envie ? lâche Jules.

Je n'ose pas répondre. Avec mes lunettes de soleil de star j'aurais l'air de quoi.

— La meuf elle veut bien coucher et toi tu refuses ? insiste Jules.

C'est agréable de ne pas répondre. Quand on vous embarrasse.

Jean Ju ramène des baguettes et des croissants. Je vais me brosser les dents.

— Vous étiez où, alors ? je demande aux filles en revenant du vestiaire.

— On était à Clairvaux, me dit Diane. On voulait se voir toutes les trois. Et on est tombées sur une foule devant l'église et c'était l'enterrement de madame Marie Mé.

— On y est allées, dit Laura.

— Le discours du curé, fait Diane. T'sais le gars il te dit que maintenant elle est libre.

— Elle repose en paix, dit Laura.

— L'esprit tranquille, renchérit Diane. Ben tu parles qu'elle a l'esprit tranquille.

— Désormais vous êtes libre... se souvient Laura.

— Tu parles qu'elle est libre ! s'excite Diane.

— Elle n'a pas eu la vie facile, fait Charlotte. Elle a fait de son mieux, elle s'en tire avec les honneurs, t'sais.

— Mais quelle mouche vous a donc piquées ? lui envoie Jean Ju.

— Rien du tout. Ça nous a déprimées, quoi.

— Mais quelle mouche...

— Qu'est-ce tu parles de mouche, toi ? envoie Jules à Jean Ju.

— La mouche tsé-tsé, pardi. Enfin, mes loustics. T'sais quoi, t'sais, t'sais...

— Non mais Jean Ju... lâche Charlotte avec un air de grande pouffiasse. On essaie d'être sérieuses, là.

Genre elle vient de comprendre la vie, nous on est des merdes.

— On sort de l'enterrement de madame Marie Mé, là.

— Oui ben fallait bien qu'elle meure un jour, dit Jules.

Merci Jules.

— Vous croyez quoi ! rugit Charlotte. Vous croyez que c'est pas la merde de mourir ?

— Oh Charlotte, tu craques.

— Vous me faites chier, tain.

Elle se barre.

Peut-être qu'on en a marre. De la bande de tagazous. On en a marre d'être en vacances. On en a marre du soleil. Peut-être que j'ai envie de retourner à Besac, mon appart de vingt-cinq mètres carrés, l'amphi D. Peut-être que l'abribus me manque. Il doit s'ennuyer, le pauvre. Le Rouget. Les scooters. Un lit. Une nuit à l'hôtel. Voilà qui ferait grand bien à toute la compagnie. Une bonne et ultralongue nuit de quarante-huit heures dans un lit, chambre fraîche, draps propres et frais, murs blancs et rideaux aux fenêtres.

La mer derrière la fenêtre. L'air marin. Pas un air de lac, pas un air de champ, pas un air de place avec abribus ou de bar, de sapins, de salon canapé télé. Changer de corps. Une bonne douche. Ou un bain. Dormir quarante-huit heures dans un bain. Ou un jacuzzi, ma chérie Laura. Et une cigarette parce qu'on est des vedettes avant tout. Et surtout moi. Et une bière fraîche. Ou une coupe de Champagne vu que c'est moi. Un bon repas. Une assiette de frites. Marre des chips, des patates à l'eau. Des soirées autour du feu de camp. En plus on a un gars qui joue de la guitare. Va te pieuter. Pas envie d'aller me pieuter. Pas envie d'y aller. Envie de roupiller, oui. Pas de me bouger le cul, le bus, mes deux sièges et roupiller en slip sur un duvet, même si Laura. Je reste là. Je n'ai pas peur des moustiques. Pas peur de Jean Ju, des baleines jaunes, des grillons noirs, des sapins verts. Le soleil m'en jette plein les yeux, six heures du matin, j'ai dormi deux heures. Reprendre la nuit dans le bus, des tee-shirts sur les yeux. Dix heures du matin et la Didine me chatouille les panards qui flottent dans le couloir.

— Y en a qu'ont du linge à laver? demande Lou. J'vais me faire une lessive de slips.

— Tu crois que je vais te filer mes strings? lui grogne Laura.

Repas du midi avec Jean Ju, qui est passé au château ce matin, passé dire bonjour, voir si le golf tourne. Je me lève et il m'attrape la cheville et me lance tu vas faire pipi? Je dis ouais, pourquoi? Il éclate de rire.

— Au château, j'ai dû passer trois heures aux toilettes, qu'il nous lâche comme ça, le vieux Jean Ju. C'est quand même plus confortable. Et j'ai fait construire un sacré cabinet, au château. La lunette électrique, juste à passer la main sur un laser et la lunette s'abaisse...

— Je connais, s'écrie Charlotte. À l'hôtel Majestic de Cannes ils en ont des lunettes perfectionnées comme vous dites. J'ai vu des photos sur internet.

— Ah, le Majestic de Cannes... soupire Jean Ju.

— Vous connaissez le festival de Cannes? bondit Charlotte.

— J'y suis allé, au festival de Cannes. J'avais quoi... une trentaine d'années.

— Vous avez monté le tapis rouge?

— Tu l'imagines rouge, le tapis... Il faut peut-être que je te prévienne. Hé, bien sûr, ce n'est pas ce qu'on croit. Ce tapis, il est peluché, il est criblé de trous... Les talons aiguilles, enfin. À force que les minettes... Bien sûr, les premières années il était fou, bien sûr qu'il était rouge.

Aujourd'hui je n'ose même pas imaginer la teinte. Il en a vu défiler, lui. Et les entrejambes les plus célèbres de la planète. Mais il y a un âge où il faut plus qu'une petite culotte pour nous exciter. Ce tapis, si tu comptais le nombre de petites culottes, de ficelles ou de petites chattes à l'air...

— Le festival de Cannes, c'est grandiose, affirme Charlotte.

— C'est plus ce que c'était.

— T'es trop comique, Jean Ju. Toi, t'y allais en touriste, je parie. Moi quand j'irai c'est parce qu'on m'y aura invité. Moi je dormirai à l'hôtel Hilton.

— Moi je vais te dire un truc, alors.

— Dis-moi.

— À l'hôtel Hilton de Cannes, il n'y a qu'une douche par étage. Au bout du couloir.

— Ben moi je vais te dire un truc, j'te crois pas, Jean Ju.

— À ton avis, dans le milieu du cinéma, pourquoi est-ce qu'ils couchent tous ensemble ? Pour éviter les embouteillages, point trait. Ils vont à la douche par deux ou par trois ou par dix...

Il a envie de parler, le Jean Ju. Il doit se sentir petit, il a besoin de nous prouver. Johannes ramène une bouteille de Coca et ah, la première fois que j'ai bu du Coca Cola c'était en quarante-quatre, la Libération. J'ai trouvé ça délicieux. Et puis la guerre du Vietnam, oui, Francis Ford Coppola. François Mitterrand, eh bien j'avais un collègue à l'université de Montréal qui s'appelait François.

Un lot de quinze vaches qui bloquent la circulation et un gosse de dix ans avec un bâton et sa mère une maigrichonne avec un pantalon qui lui dégringole du cul. On double et on dit bonjour et la femme ne répond pas, s'égosille après une génisse qui n'en fait qu'à sa tête la raclure, dis donc, toi, tu vas m'écouter, dis donc.

Une sieste sur la banquette arrière du bus. Je me rappelle la dernière phrase de Jean Ju hier soir avant d'aller se coucher, *Fuis la société comme le diable fuit la croix*. Laura avait répondu moi pour l'instant c'est fuis le diable, et puis après on verra bien. Johannes avait répondu sois le diable. Charlotte sois la société. Diane avait dit moi je prends la croix, ça m'évitera d'aller au bois.

Aujourd'hui c'est son jour de bois.

Des pouet et des cris, turlututu, des chapeaux pointus, ça se rapproche, des shebam, boum, bibong, ça se rapproche, des lalala, des lulu, lolo. Des les voilà ! c'est eux ! je vous l'avais dit mes loustics ! et Diane saute dans le bus, lève les bras, me crie les voilà ! J'enfile un tee-shirt, je suis engourdi, je me traîne jusqu'à la porte et à travers le pare-brise je constate, perspective : une traînée de pouet, toute une clique de bonshommes bariolés. Et puis des bêtes. Des carrioles de bordel. Et puis notre bande de tagazous qui leur fonce dessus, Madeline sur les épaules de Jean Ju en tête.

Des équilibristes, clowns, un dompteur, un vendeur de pop-corn, un orchestre, la femme sirène. Et puis des bêtes. Dix chevaux blancs, dix singes, deux éléphants, trois perroquets.

Ça va, ils prennent leurs aises. Faut pas te gêner, monsieur l'équilibriste. Vas-y monsieur le dompteur des éléphants, je te dirai rien. Les perroquets, tranquille, effrayez nos merles. Les chevaux, faites comme chez vous, draguez notre baleine. Frottez-vous à sa queue, c'est ça, faites-la mouiller. Laura me prend par le bras, me dit les singes grimpent aux sapins, ils décrochent les pommes de pin et ils se les foutent dans le cul, tu crois qu'il faut prévenir Jean Ju ?

Le vendeur de pop-corn exige l'attention de tous, dit je préfère qu'on attende la nuit pour reprendre la route.

La femme sirène se présente, bonjour les enfants, je suis Sylvaine, je suis sirène. J'acquiesce d'un sourire et elle dit vous savez ce qu'on pourrait faire, on pourrait préparer un petit quelque chose pour ce soir.

On passe la journée à gonfler des ballons de baudruche de toutes les couleurs. On remplit le bus de ballons, on bourre au maximum, on bourre, encore dix, ça va tenir si je vous le dis, on bourre, je vous l'avais bien dit que ça tiendrait.

On s'assied en demi-cercle devant le bus. Certains des animaux restent avec nous, les éléphants vont s'amuser avec les meules de foin, s'en servent comme de patins à roulettes.

Jean Ju est au volant, il met le contact et ça ronfle. Il tourne le bitoniau des phares et presse le bouton des lumières à l'intérieur. Il nous fait ronfler le bus pire que pour un démarrage en côte, ça nous transforme le bus en un aquarium géant. Avec les ballons qui grouillent comme les bulles de l'appareil à oxygène.

Un pur orchestre, de seulement quatre clampins, c'est sûr ils ne payent pas de mine, ils ont des tronches de profs et sans déconner, avec trois fois rien, une guitare, un violon, un xylophone et un hautbois, les fumiers ils nous couvrent tout le boucan du moteur. Et ils ne jouent pas de la soupe. C'est pas le turlututu pouet pouet que les cirques nous chient à tous les coups, depuis des siècles la même mélodie à la con, ça sonne cool, ça groove dans les angles, c'est gentil d'avoir pensé à nous.

Un gars fait le tour de nos pieds et y allume les bougies. Au moins cinquante bougies. Des rondes dans des capsules en alu qui flottent dans des verres d'eau. Une cinquantaine qui nous épousent les pieds, qui forment une parenthèse. Et je me dis ça se trouve, la Terre, de haut, ça se lit. Je me dis ça se trouve, deux bornes plus loin il existe la même chose, le même demi-cercle mais orienté à l'inverse, d'autres jeunes tagazous qui sont allés à l'Opéra, ce soir.

Et là, nous, on ferme la parenthèse.

Sylvaine la femme sirène pointe sa queue d'écaillés dans la mer de ballons. Dans le bus. Elle nage en se gondolant et on dirait un serpent. Elle nage la danse hindoue avec les mains qui prient, les bras qui ondulent. Le ventre qui danse telles les femmes arabes sur de douces mélodies à la bombarde comme à Marrakech sur la place Jemaa el-Fna les gars avec leurs serpents, on y revient aux serpents. Parfois on dirait qu'elle s'évapore, puis on lui aperçoit entre deux ballons, entre trois ballons, un bout de bras ou un bout de sa splendide queue taillée dans une fleur de lys, pas une tulipe heureusement.

Johannes assis à côté de moi oublie que j'existe, oublie le public, oublie Charlotte. Comme envoûté. Il a besoin de s'exprimer. Une voix *off* par-dessus la musique.

— Dame Sylvaine, sous cette chevelure blond platine, il y a un visage, oh vingt dieux j'ose à peine poser les yeux dessus tellement votre visage me zigouille les tripes.

Je n'oublie pas que Johannes son signe astrologique c'est poissons. Et Sylvaine est une sirène.

— D'un coup de lasso, chlack. Ça me flingue le bide, exactement. Mais quelle beauté !

Charlotte ne met pas trois siècles à réagir, se lève et son yo-yo à fond les gambettes. Sylvaine continue à se gondoler et Charlotte ne contrôle plus rien, ses jambes l'emportent à toute bombe droit sur le vestiaire, la forêt de sapins, Diane et Laura lui courent après.

— Dire qu'elle va m'ignorer pour ce vieux déchet de Jean Ju plein de fric qui pue la frime, regrette Johannes.

Sylvaine se colle le museau à la vitre du milieu et la vitre se couvre d'une couche de givre, puis à toutes les vitres du bus elle donne des bisous, et une à une les vitres se mettent à transpirer. À fondre. Et les gouttes d'eau tombent, comme si chaque brin d'herbe était une lame de xylophone. Dung. Chaque brin une note différente.

Le bus se met à dégueuler quelques globules et certains éclatent au contact des brins d'herbe. Mais sans bruit. Comme des bulles de savon. Puis d'autres ballons, qui s'allument de l'intérieur et éclatent, comme d'une courte soufflette dans un hautbois.

Jean Ju ramène sa grande carlingue de croûton et stoppe l'affaire, rentrez mes amis, va te rhabiller ma belle Sylvaine. Johannes prend ça pour une insulte et son trou à l'épaule le torture pire que si on lui arrachait le trou du cul et il se tortille et il crie et les singes et Sylvaine prennent ça pour une ovation, viennent saluer, ils reviennent en farandole et Jean Ju s'incruste, glisse un mot à l'oreille de Sylvaine et elle éclate de rire et embrasse Jean Ju sur la joue et il rougit, et Charlotte rapplique du fond en trombe de yo-yo, des montées descentes incessantes, elle est épuisée, elle pleure à gros sanglots et Johannes marche vers Jean Ju et Sylvaine, les crocs et l'écume et tout, et les musiciens doivent s'imaginer sur le *Titanic* ces cons ils continuent à s'éclater sur des rifs de tango argentin, puis ça vire salsa portoricaine et ça emboîte big band avec danseuses en robes qui lèvent les jambes et découvrent culottes ou calbutes à fleurs, comme par hasard, cette fois, des tulipes.

Johannes étrangle Jean Ju, il crache, Diane le sauve, cogne Johannes à la tête avec une casserole, classique, lui rentre le visage dans la casserole, et le camping-gaz pchiou, ne va pas cramer l'ami Johannes ! je lui crie au cul à cette sœurette allumée, calme-toi et regarde plutôt Charlotte la pauvre, qui va taper une crise cardiaque tellement elle tourne, elle s'épuise, Laura profite du boxon pour me dire j'ai envie de faire l'amour avec toi, Lionel, je n'en peux plus.

L'orchestre s'infiltre dans le boxon. Un mariage de gitans. Johannes t'as des tulipes plein le dos. Lionel brûle-moi ces tulipes s'il te plaît. Madeline tape deux pirouettes dans l'herbe et Sylvaine lui emboîte le peps, tape une roue, puis une rondade. Jean Ju et Johannes discutent au calme derrière le bus. Charlotte rapplique, comme d'habitude, ça rapplique et ça se casse et ça rapplique, et Diane me tire par la manche, comme d'habitude, m'extrait du lot, on prend de la distance, on recule jusqu'aux sapins, Lionel je veux te parler sérieusement, Madeline est venue me demander pour se tailler avec le cirque.

— Qu'elle gicle.

— T'es sûr ?

— Je sais pas. Je suis ni son daron ni rien, moi.

— Attends, si elle se taille avec eux...

— Si elle se taille avec eux, elle va intégrer la troupe, va apprendre un numéro, sans doute tombera amoureuse d'un de leurs mômes et après je sais pas, moi. Elle ne sera pas toute seule. Sans doute quelqu'un lui fera l'école. Elle dormira forcément quelque part. Ils lui fourniront de quoi se brosser les dents et des chaussettes de rechange, t'inquiète pas.

— Les flics vont la rechercher.

— P't-être pas.

— Dis pas de conneries, les flics vont la rechercher, c'est obligé.

— Et ils vont la retrouver, et ils vont l'interroger et elle va nous balancer et un matin ils vont débouler à la maison.

— Mais Lionel...

Ses yeux qui coulent. On y retourne, et Sylvaine et Jean Ju en train de se rouler le palot du siècle et Charlotte le flingue sur la tempe de Johannes.

— Soit je presse sur la détente, soit tu deviens mon mari. Johannes, veux-tu devenir mon mari ?

Le cirque a remballé et s'apprête à déguerpir. Diane va faire un smack à Lou, qui se barre avec eux lui aussi.

— C'était une histoire de vacances, lui dit Diane. Un coup pour rire. Un coup pour me roder. Savoir ce que c'est. Non, Lou, tu n'es pas l'homme de ma vie.

Madeline veut nous faire la bise à tous. Elle finit par Jules le bedonnant, elle le prend dans ses bras, elle se frotte à son ventre en cul. Une amplitude de gestes à se spermer dans la culotte rien que d'y regarder. Une sensualité de petite sauterelle sexy en diable mes amis, et pas grossier pour un sou. Elle colle une oreille à son ventre en cul, elle redresse le visage, les grands yeux noirs, longs cils qui papillonnent, elle lui dit je sens que ça bouge là-dedans. Elle approche la bouche. Elle l'embrasse. Sur la bouche. Elle lui monte dessus, s'assied sur le ventre en cul, et les langues se délient ça c'est le moins qu'on puisse dire. Et le corps de Jules reprend vie.

Petite puce charmante. Suffisait d'un baiser pour le réveiller.

Il se lève, Madeline toujours assise sur sa brioche de bouliste professionnel, tortille du cul sur ce siège en fesses, et son petit corps à elle, frêle, se faufile dans la raie, la fente, coincé, je t'ai eu Didine.

Jules le papa kangourou. Écarte les bras, violemment, ouvre le sésame, éjecte la gamine qui file rejoindre ses nouveaux potes les clowns et tout le toutim.

Se retourne en nous faisant des coucous. Mais des coucous qui veulent dire oh là là, je suis trop contente, impatiente, c'est le grand jour... Pas des coucous, en vérité. Plutôt des ainsi font, font, font, les petites marionnettes.

Jules a le visage en larmes. Il bredouille merci Madeline.

On chiale tous. Autour du plus beau des feux. On chiale tous comme des cons. Une bande d'escargots dans une marmite d'eau salée, aux pieds de cette bonne vieille baleine jaune. Pire que si on était tous des vieux crackés. Les yeux trempés, rougis et tout, et on éclate de rire. D'abord des gloussements, des petits poufs, rire, rire, puis de grands, larges sourires puis de fous éclats.

Tous en larmes et en rires de géants. Bouches de géants. Dix sapins à la place des dents. Deux baleines rouges pour deux lèvres pulpeuses. Deux pleines lunes pour deux yeux clairs. Oh que c'est niais. Que ça déchire. Oh que ça déchire. Oh Madeline. Oh mon ventre se déchire. J'ai mal au ventre, des pics, je reçois des lances. Oh mes abdos j'ai mal. Des sapins tranchants dans le bide, leurs cimes pointues me piquent, ouille. Que ça fait du bien, pleurer, relâcher la pression de vivre, et c'est niais mais non, de vivre.

Ça faisait longtemps. Rien que tous les six. Sans une mioche, un guitariste ou un vioque pour nous brouiller la piste.

Le régiment au grand complet. En pleine guerre contre les Hollandais.

Un après-midi on est coursés par un tank, on se met à cavaler et Johannes, pas de pot, se tord la cheville. D'un élan de bravoure spontané on plonge à sa rescousse et vu qu'on est des diables on réussit. Le tank Hollandais on lui pisse au cul et notre pisse, tellement on est des lascars en bronze, nous, notre pisse le réduit en miettes de Chocapic, le tank.

On improvise une chouille sauvage avec un feu et des Chocapic.

On découvre une forêt fine caisse où tous les arbres sont déracinés.

On s'allonge aux creux des racines et les arbres se redressent, les racines se rabattent. Les intérieurs sont de nacre et un planton déguisé en boniche nous apporte à chacun un coussin frais et une couette.

Se sont tous barrés je sais pas où, j'ai le champ pour moi tout seul. Je m'assoupis sur une clope, sur une bière ou une poignée de chips, et les sapins du fond deviennent une foule en délire, milliards de gens auxquels je reste indifférent.

J'ai la cocotte dans le poste de Johannes et le disque c'est de la boucherie c'est Dizzee Rascal.

Un môme qui s'enferme trois semaines dans un frigo gavé de chat sauvage rôti, de cake à l'anis. Ces trois semaines le môme se siffle la bagatelle de cent trente litres de Coca-Cola. Pendant ces trois semaines se retient de roter, de pisser et de chier. Des champignons lui poussent dans les intestins. Pètent des câbles et percent tout ce qui gêne et des flots de bile se répandent partout dans le corps. Au bout de trois semaines la frangine du môme ouvre la porte du frigo et sur la table de la cuisine dépose son magnétophone Playschool. Elle y glisse une cassette et presse sur le bouton rouge Rec et remonte dans sa chambre. Le môme tente de s'extraire du frigo, ravage le frigo, il avait déjà une sale allure cabossée ce frigo, là c'est une feuille de papier froissé qui se décompose dans une bassine d'alcool à cent degrés. Quand on avait des borborygmes en classe au collège, certains se retournaient et pouffaient. Lui c'est la ville entière qui se retourne. Les artères, les boyaux, une jungle de tubas troués. C'est la forêt amazonienne qui lui pousse dans le bide et le vent se lève et le mégot d'un inconscient, la flore intestinale en flammes. Tu parles d'un choc thermique. Après trois semaines dans un frigo, il devient une marmite, l'eau de son corps bouillante et tout se met à fondre. Même le carrelage se craquelle et fond. Les assiettes une à une tombent des placards et fondent. Ça frétille et ça fume et pour l'instant les os tiennent le coup, mais les poils pubiens, ô malheur, la toison prend feu. Son zguègue devient frapadingue. Un jet à haute pression qu'on lâche dans la nature. Cogne à tout ce qui casse, la vitre du four et la fenêtre et les vases et ça y est les os ne tiennent plus. Et s'effritent lentement, ces malins. Par fines lamelles, dzing les brindilles vont mitrailler la collection de bols tibétains, dzong, et le môme ne sait plus comment hurler au diable. Il bégaye, saccade, il éructe on peut dire. C'est trop sec pour tirer des larmes et pourtant c'est poignant. C'est beau et c'est sans violon. Et les dents qui tombent, et il avale ses dents, et les dents filent se friter avec les os. Les dents se jettent par régiments de six sur les omoplates. Des convois de six minuscules vaisseaux spatiaux aux ordres d'un plombage en argent. Ça se bastonne tout dans le corps. Plus rien qui tient la route.

— T'écoutes Dizzee Rascal, toi ?

Quelqu'un me parle. Où ça, où ça. Mes yeux qui jouent au ping-pong partout autour, juste un bus jaune. Ce serait le fantôme de madame Marie Mé. Qui connaîtrait Dizzee Rascal. Ah ce serait la meilleure.

— Moi j'en suis amoureuse de Dizzee Rascal.

— Qui est là ? Où es-tu, chenapan ?

— Je suis là, hou hou...

Je lève la tête et sur le toit du bus, la buse Castoche. Elle sort les ailes et se laisse planer, pour venir se poser sur mon nez de trois kilomètres.

— Dis donc, face d'olive, on a un sacré panorama depuis ta figure.

Je souffle sur sa queue en tulipe.

— La petite brise, oh. Et de la bonne musique.

La buse Castoche qui écoute du rap. Non, je ne veux pas y croire. Ça ne me plaît pas.

— Si je te dis que je suis amoureuse de Dizzee Rascal.

Elle se trémousse de la queue et chante sur « Fix Up, Look Sharp », je me redresse, elle saute de mon nez et papillonne pour rester en l'air. Je l'empoigne aux ailes, lui offre quelques pas de je ne sais pas comment on pourrait appeler ça. Une danse.

— T'imaginais quoi ? Parce que je suis une buse je suis obligée d'écouter Placebo ? Je peux t'assurer, une paire d'oreilles plus aiguisée que la mienne, faut faire attention.

Je me rallonge, elle reprend place sur mon gros nez.

— Le vieux aussi il aime le rap ? je lui demande.

— Tu déconnes, il écoute Alain Souchon, le vieux.

Une bonne heure à causer rap et c'est le pied, elle a une putain de culture, cette buse. Elle me raconte, elle a vécu en Californie, elle me raconte DJ Shadow, et Latyrx, ça ne te dit rien ? hé hé, l'ami, tu te prends pour qui. Tu fais le surpris que je connaisse et je suis en train de te ratatiner l'ego, ma face d'olive. Moi j'y étais. Moi j'ai assisté à l'assassinat de Tupac.

— Il est vraiment mort ?

— Mais bien sûr, enfin. Oh, c'était un bon type, le Tupac.

Après quoi elle bat de l'aile en guise d'hasta luego ma face d'olive, t'es bien sympathique mais j'ai pas que ça à foutre.

Je me replonge dans le vert, ma piscine d'herbe.

J'ai l'impression que ma brune Laura se décolore la moustache.

Je me rappelle les lunettes de soleil de ma maîtresse en CM2.

Me gratte le dos, le pouce qui va frotter sur la colonne vertébrale.

J'ai eu ma première chérie, j'étais en maternelle. On faisait du judo ensemble. Je l'ai revue cette année à Lons dans une bijouterie, j'allais acheter une pile pour ma montre et elle était avec sa mère. Elle sort avec un prof du lycée aujourd'hui, Diane l'avait cette année, un prof d'anglais. Diane m'avait dit il porte des strings, on voit tout. Ça m'avait noué le bide quand Diane m'avait dit qu'il porte des strings.

Le mec qui baise avec ma première petite copine.

Je chante *j'ai du bon tabac dans ma tabatière*, la version qui swingue. *J'en ai du bon, du bon et puis du bon, bon.*

Je deviens fou du dedans, ce bide en feu que je voudrais me croquer à pleines dents, pour être sûr que je ne rêve pas, non Lionel, ne joue pas à l'ado à deux balles, romantique et pseudo-dépressif alors que rien, dépressif pour faire bien, l'esprit cramé alors que non, j'ai la citrouille éclairée, ça va, merci, allumée, je n'ai pas l'esprit qui fume le pneu grillé, je fume du pollen et j'ai les dents jaunes, okay, mais pas de ciel qui nous tombe sur la gueule, juste un champ d'herbes vertes, pas d'herbe à fumer, juste à brouter.

Le soleil plein les yeux. Parce que je ne suis pas qu'un nez. J'ai aussi deux yeux.

Deux yeux de psychopathe. C'est ce que disent mes potes de Besançon. Lionel t'es un mec spécial, et puis tu as ce regard de psychopathe.

Les jeunes raffolent de ce mot : psychopathe.

C'est les yeux qui pétillent. Et les profs ont toujours aimé. Ils ont l'impression d'être écoutés. Un regard qui transpire l'intelligence.

Je voudrais être un psychopathe. Un genre d'Adolf Wolf le loup dans Tex Avery, au cabaret et sur scène une bombe blonde trop bonne et boum ! se fracasse le caillou à coups de tables, de chaises, de gourdins. La langue qui lui dégouline du bocal et les billes à ressorts. Les narines qui fument et les oreilles qui s'entortillent et pareil les tifs s'entortillent, deviennent de longues nattes qui deviennent une paire d'hélices d'hélico alors il prend de la hauteur le p'tit Lion, mais au plafond le ventilo pour la clime qui lui découpe le ciboulot. Il titube la tête en toupie parce que trop de moineaux et de vautours. Et le petit vélo dans la tour. Je perds les pédales. Bip bip à toute blinde je me barre de ce vieux bourg. Pour aller m'encastrer dans un pic de l'Oural. Hip hip hip... Oural, oui. Houhou, je suis le loup.

J'aimerais bien être le loup. Une ville qui grouille de fraîches étudiantes. Ou une vieille, pour me venger. Je suis moche et je pue du cul. Je ne suis pas un monstre. Je ne comprends pas, chérie. Il m'arrive de me tirer sur le pantalon pour vérifier. J'ai un problème, madame. Je ne comprends pas. La nuit quelqu'un doit tremper mes slips dans une bassine de formol.

Il faut que vous preniez rendez-vous avec le docteur indien, en effet c'est inquiétant.

Bien le bonjour monsieur le docteur. Un petit souci d'ordre... je ne suis pas impuissant, je bande bien, pas éjaculateur précoce non plus, pas une trop petite bite, ni une trop grosse encore qu'elle est bien au-dessus de la moyenne je pense, ben oui vous avez vu mon nez, ça ne trompe pas, ho ho, oui, ça ne trompe pas, rigolo, mais oui alors je viens vous voir, je ne comprends pas, j'aime les jolies filles, et puis j'aime la bière, vous aussi? oh comme c'est gentil, merci, pschitt, vraiment merci en plus celles-ci c'est mes préférées, oui, bon, je vous disais, j'aime les filles, la bière, j'aime la pop music, le rock'n'roll et puis j'aime le rap, vous aussi? oh, extra, ça va faciliter le contact, vous avez des disques de rap? je peux jeter un œil à vos disques de rap? oh, TTC, oh, Kool Keith, oh c'est parfait, c'est de ça que je voulais vous parler, de Kool Keith et compagnie, TTC aussi, vous avez une platine? je peux mettre TTC? je voudrais lancer la plage numéro neuf, la chanson qui s'appelle « Girl-friend » et qui commence par *j'aime les chattes, quand je rentre dans la boîte j'ai la trique, toutes les chattes des putes sont moites, c'est pratique, elles vont frotter toute la nuit, pute, j'suis ton mac, alors suce ma bite gratuit*, pause, non ! me bondit à la gorge le docteur indien, non, pas pause à ce moment-là, après c'est magnifique ce qu'il raconte, *j'donne des claques à ton cul et tu cries, tu oublies tout quand t'as bu, quand tu jouis, soudain toute la boite te mate, pute, c'est normal, j'ai mis mon doigt dans ta chatte*, ça y est, on peut mettre pause. Oui, et alors ?

Je viens vous voir parce que je ne suis pas un bonhomme coyote de l'écume plein la moustache, faut qu'il baise, faut qu'il se vide la bite vite sinon il va buter un type. Je ne suis pas une fiotte pour autant. Je garde tout dans le bide, peut-être le nez, vous avez raison. J'ai le ventre, ou bien le nez, imbibé de foutre, je crois. Pourtant je suis un couillu, je ne suis pas une lopette. Mais c'est comme si mes boules étaient deux mini-ballons de baudruche crevés, deux poires qui pendent et sans le contenu, juste la peluche du fruit, de la peluche poilue, deux vieilles peluches fripées poilues qui me tanguent entre les cannes si je cours à poil sur la plage du festival de Cannes, au ralenti, la queue qui me tambourine le nombril et ces deux poches vides qui se baladent au vent.

Je l'ai vu souvent, le docteur indien. On est devenus amis. Il m'a dit ce n'est pas grave si tu n'es pas un monstre, si tu prends tout dans le bide ou dans le nez, au moins tu reçois les choses, toi.

Il m'a dit tu es une sorte de monstre gentil et je n'ai pas aimé, j'ai pensé à Casimir bien sûr, *le pays joyeux des enfants heureux, des monstres gentils*. Tu te plantes, docteur. Moi j'ai la rage.

Je vois bien que tu as la rage.

Les tagazous rappliquent, je me redresse et recouvre mes esprits, clair, net, la bite est toujours là, ouf.

Pas le temps d'ouvrir la bouche que la sister Diane nous soumet son désir du soir, si on allait bouffer quelque part ?

— Tu payes le resto ? lui dit Johannes.

— Moi je propose l'As de carreau, dit Charlotte.

— Hum, la tarte à la myrtille... fait Jules.

— Non mais l'As de carreau... fait Diane. Je disais pas le grand luxe, hein.

— Y a toujours la cafète, dit Laura.

— Histoire de bouger, quoi.

— La cafète, vous y allez sans moi, je dis à Laura.

— Oh, Lionel, me remue Diane.

— J'ai pas envie d'aller bouffer à la cafète, moi.

— Deux semaines qu'on scotche sur les sapins, lâche Charlotte, franchement ça fait pas quoi d'aller un soir à la cafète.

— Je préfère encore me rogner un sapin.

— Te rogner un sapin ?

— Je vais effriter l'écorce d'un sapin, je vais la piler, je vais noyer ça dans du miel...

— Tu pourrais faire un effort, me dit Charlotte.

— C'est bon, laisse-le, dit Johannes à Charlotte en prenant cet air, comme si j'étais la plus petite des crottes de bique. Pis l'idée de la cafète ça m'a collé l'image d'un gros steak avec une grosse assiette de frites, hum... il dit en se caressant le bide. De ton côté tu t'écorcheras la gueule sur tes sapins baveux...

— Et moins bavards que vous.

Je commence par le dessert. Une pomme rouge variété Starkinson, dont je me colle l'étiquette sur le front. Je vais la rincer au robinet du vestiaire. Je l'essuie sur mon tee-shirt *Vive le sport*. Je retrouve mes sapins.

Envie d'escalader un tronc et pour ça j'ai besoin de mes deux mains alors je me plante la pomme Starkinson dans les dents. En araignée sur le tronc, à peu près à mi-chemin, mes mains ripent, comme un benêt je serre la mâchoire et la pomme tombe. Je n'en fais pas un drame, je descends, la ramasse, me la frotte sur le tee-shirt *Vive le sport*, je recommence.

À califourchon sur une branche je m'adosse au tronc. J'envoie paître le trognon, me roule une Drum, la nuit me tombe sur le nez.

Moi je suis la tête du tagazou. Je ne suis pas le monstre tout entier, je suis sa tête, je suis son nez. Diane ses yeux et Johannes les épaules et les bras, et les couilles aussi, et Jules le ventre, Charlotte les jambes, Laura les pieds et les mains.

— Ils étaient bons vos steaks ?

— Ça va.

Petit déjeuner et ce matin j'ai calculé, dit Charlotte, il ne reste plus que neuf jours avant la rentrée.

— Neuf jours... soupire Johannes.

— Neuf jours ? s'étonne Diane.

Route qui serpente, pleine colline d'herbe jaune. Caisse rouge qui s'approche, elle s'arrête et nous demande le lac de Chalain s'il vous plaît ? On lui répond que tous les égouts du département se déversent dans le lac de Chalain, il vaut mieux aller au lac de Clairvaux. Mais la caisse rouge s'en fout du lac de Clairvaux, elle veut le lac de Chalain pour ses vestiges préhistoriques, le truc qui s'appelle la cité lacustre, avec ses huttes néolithiques.

Je dis tiens, je ne savais pas qu'elles étaient néolithiques, les huttes. Laura me dit si, c'est vrai, elles sont néolithiques.

— Et à Lons-le-Saunier, mesdames et messieurs, il y a ce musée archéologique, cette pirogue vieille de trois mille ans. Et sur le parking du musée il y a ce dinosaure.

— Un Plateosaurus, ajoute Laura.

— Ah ouais ? je dis.

Mais les dames et messieurs de la caisse rouge s'en foutent de la pirogue et du dinosaure, ils veulent le lac de Chalain et les huttes néolithiques, nom d'une pipe. Johannes leur dit que les huttes elles ont brûlé, et même que c'est nous qu'on y a mis le feu. Et comme ils se tirent sans avoir remercié pour le scoop on leur braille au cul d'aller se faire empailler bande de zéro-six.

— C'est quoi, le zéro-six ? demande Jules.

— C'est Nice, je dis.

— C'est blindé de palmiers, là-bas.

— C'est surtout blindé de vieux, dit Diane.

— C'est comme à Cannes, comme à Miami, je dis à Charlotte. Ton rêve de grande vie, toi.

Au Rouget, on entre et bonjour c'est pour un braquage s'il vous plaît. Mais le rital furax de chez furoncle, tirez-vous les gamins, vous êtes wanted dans tout le patelin.

On passe à Shopi et on remplit le caddie de Monster Munch comme Edward le peintre, Coca Lemon comme Jack l'acteur, deux maxi packs de Kronenbourg presque comme David le cinéaste. À la caisse j'ouvre *Le Progrès* et en effet nos six tronches de pignoufs et un commentaire sur chacun. Moi ils mettent : *sans aucun doute le cerveau de la troupe.* Ils s'y croient encore plus que nous, eux. *Une personnalité complexe. De nature réservée, il serait capable d'entraîner dans son sillage chaotique le plus incorruptible des professeurs de mathématiques.*

On passe à la droguerie, Johannes carotte quelques bombes de peinture.

— On fait les gros titres des journaux ! s'excite Jules sur le chemin du retour. Mais pourquoi on fait les gros titres ?

— À ton avis, Jules.

— Aucune idée, Lionel.

— Même pas une toute petite idée ?

— On a braqué une banque ?
— Il ne me semble pas.
— Je m'en fous, toute manière, dit Jules. On fait les gros titres. Ça c'est réjouissant. Mais pourquoi on fait les gros titres, Johannes ? Tu sais, toi ?
— On a peut-être fraudé le fisc, répond Johannes.
— Je sais même pas ce que c'est le fisc, dit Jules en riant. Imagine je fais les gros titres parce que j'ai fait une connerie que je sais même pas qu'elle existe. J'ai fraudé le truc, là, et je sais même pas ce que c'est le truc. Et à cause de ça je fais les gros titres du *Progrès*.

Johannes passe la fin de l'après-midi à gribouiller les murs du vestiaire. Johannes il graffe comme il écrit. Son écriture d'écolier. Comme il copierait une leçon. Et sans aucun relief. Il a volé une bombe de noir, il m'a dit ce sera pour les ombres, et il ne sait même pas où elles vont, les ombres.

Il écrit nos six prénoms, comme sur l'agenda d'une copine, tu lui notes un mot doux, ma puce je t'aime fort, big kiss et tout, il écrit ce genre de trucs, on était six, on était sales, on était soûls, on était seuls, sans les soucis, sans les sous aussi, alors on était souvent assis.

Charlotte s'occupe du feu.
— Toi tu fais chier ! gueule Jules.
— Qui ? je dis.
— Toi.

— Moi ?

— J'en ai marre d'être ta sœur, enchaîne Diane.

— Marre d'être ta copine.

— D'être ton pote.

— Moi aussi ! me gueule Jules.

Ils me prennent par les pieds, me traînent vers le bus et je me débats et Johannes me shoote dans les côtes et Laura se défoule, des calottes plein le nez, tu vas morfler petit con de p'tit Lion.

Jules descend du bus avec un sac de couchage et deux rouleaux de gros scotch marron. Il brandit le sac et le scotch tel un vampire le cœur de sa victime.

Ils me ramènent vers le feu que Charlotte alimente de morceaux de la cagette que Johannes est en train de déquiller.

— J'te conseille de te laisser manipuler sinon c'est pas compliqué, j'te chope à la tignasse et j'te fracasse ta tête d'âne dans le brasier, me gueule Jules. Ça leur dirait, tu crois, tes deux mirettes vicieuses, d'aller s'encastrer là-dessus ?

Il me désigne un bout de tronc d'arbre d'où jaillissent à angle droit deux petites branches parfaitement parallèles.

Je balise surtout pour mon nez, ma curiosité, qui ne m'a jamais autant handicapé le mouvement. Si bien qu'ils réussissent sans mal à me rentrer dans le sac de couchage.

Laura et Diane se chargent de sceller le cocon au scotch marron. Elles font une vingtaine de tours, chacune d'un côté et se font passer le rouleau par-dessous. Elles me demandent de soulever les jambes et je m'exécute, j'ai la tremblote. Pour le haut elles appellent Johannes qui les aide à me redresser, me chope aux aisselles et je lui crie que ça me tire la peau, et Laura se marre et Diane me momifie le tronc. Jules vérifie qu'elle serre assez fort et Laura le raisonne que le but c'est qu'il ne puisse pas s'en défaire, pas qu'il étouffe. On va te laisser en plan, ha ha, on va te laisser crever. On t'abandonne aux buses, et elles vont se régaler de toi. Et Johannes me redresse tout entier et me plie les jambes pour m'asseoir et ça grince à cause du scotch.

Autour du feu, un court instant la tension retombe, ils se fixent les uns les autres en se lâchant des poufs de rire, puis se ressaisissent. Sauf Laura. Elle a du mal à garder son sérieux. Elle se cache le visage dans les mains pour ne pas les trahir, mais elle abuse, oh, Laura, on a signé un pacte. On a signé ton arrêt de mort, me crie Jules qui retire une branche du feu avec laquelle il se grille une Marlboro, puis il brandit la branche mais ça lui donne plus l'allure d'un lanceur de javelot en position que d'un pirate à l'abordage.

— Ta gueule ! me crie Johannes. Tu veux qu'il te le plante, son javelot ?

— Ouais ! crie Laura en se levant, le poing serré. Ouais ! qu'elle refait, avant d'éclater de rire et de s'enfuir en courant histoire de ne pas tout gâcher.

— Si encore tu chantais, me lâche Diane. Et même si tu chantais faux. On te bâillonnerait mais dans le fond on t'aimerait bien.

— C'est quoi ce délire...

— Tu oses demander ce qui se passe ?

— C'est quoi ce coup foireux.

— Y a rien qui foire. Tout se passe comme prévu. Tout se déroule à merveille.

— Tu veux une gorgée de Bavaria ? me lance Diane. Monsieur Elpich aurait-il le gosier à sec ?

Je me tortille du bassin, je continue avec c'est quoi ce bordel, putain de merde, je bascule de côté m'explose l'épaule sur un caillou du brasier, c'est une blague ! je m'écrie. C'est quoi cette sale blague !

— C'est pas une blague, me répond Jules en approchant le bocal de mon nez impossible. Tu nous soupçonnes d'être là pour amuser la galerie ? On est des comiques, nous ? Tu nous as bien regardés, t'es sûr ? Mon pauvre Lionel... Je ne blague jamais, moi. T'entends ça ? Va falloir que j'te le répète combien de fois pour que ça rentre ! Autant me prévenir, dis-moi le nombre de fois que je dois te le répéter. Je ne blague jamais. Je ne blague jamais. Oh, dis-moi. Tu veux entendre ça combien de fois ? Jamais, jamais, je ne blague jamais. Ça y est ? C'est intégré à la disquette ? Encore ? Non, je crois que ça suffit. Hein que ça suffit. C'est bon, là t'as pigé. Ben oui, t'es un brave gars, tu piges vite. T'es docile. C'est ce que j'ai toujours pensé de toi. Une bougie. Voilà ce que t'es, toi. Une bougie.

— T'es rien qu'une tulipe, me crache Johannes.

— T'es une bougie, revient Jules. Suffit de t'allumer l'épi, deux minutes même pas, trente secondes c'est assez et ça y est tu changes d'avis.

— Tu nous prends vraiment pour les blaireaux de la farce, me gueule Johannes.

— Toi tu me prends bien pour une tulipe...

— Je te prends pour ce que t'es. Un gros glandu. Un gros blaireau qu'a le nez plein de glands.

— T'imagines que je t'aime? me jette Laura qu'est revenue, qui s'est calmée. Mais mon pauvre vieux, tu m'as toujours fait pitié.

— T'es ridicule, Laura. Vous êtes tous ridicules.

— Mais va lécher ta mère, putain.

Laura retire son petit haut, elle n'a pas de soutif et elle vient se frotter les lolos sur mon gros nez paniqué.

— T'as l'air malin, mon bouffon. T'as les mains liées mon pauvre, tu peux pas tripoter.

Elle recule, reste plantée derrière le feu.

— Ils sont beaux, hein. Bah non, ils ne sont pas à toi.

— Hé hé... peut-être qu'il bande, dit Jules.

Deux minutes et un silence de mort. Déboulonné à un point que je sens ma conscience larguer des tuyaux. Je ne sais plus. Et voilà qu'ils se mettent à prier. Là j'hallucine. L'image d'un concile de mutants qui unissent leur puissance avant de lancer une offensive du tonnerre.

Ils passent tous me faire une bise sur le front. Ils prennent place, deux de chaque côté et Diane en tête. Ils s'accroupissent et oh ! hisse ! me soulèvent et tel un cercueil se déposent chacun un bout de mon corps sur une épaule. Ils me portent jusqu'au bus, sans piper mot, même pas un qui siffle la marche funèbre. Ils me montent dans le bus et me lâchent sur la banquette du fond.

Jules gueule grouillez-vous avant que ça pète ! et ils détalent tous pire que des lapins de garenne.

J'attends que ça pète. Je me dis, une allumette dans le réservoir et BAOUM, alors j'attends.

J'entends du froufrou dans les herbes. Des pas, des voix basses, des accélérations qui se veulent discrètes mais je vous entends ! hé je vous entends ! je sais que vous êtes là ! et ça ralentit tout à coup, une odeur de nougatine et cinq pantins qui surgissent aux fenêtres du bus, les fenêtres sans vitre après les gros bisous de la sirène Sylvaine, cinq trognes de taches, les unes après les autres, qui apparaissent. Ils devaient attendre accroupis, adossés aux flancs du bus. Un à un ils se dressent et occupent les cadres vides, de chaque côté, les dernières fenêtres, chacun un cadre, Diane et Laura aux fenêtres les plus proches.

Et il faudrait que je me marre.

Je me force à tirer la tronche, tendre les traits, tomber les joues. Je ne peux pas m'empêcher, je souris. Les dévisage un à un, marmonne trois choses sur son compte à lui, à Jules ce bel enculé de sa race, à Laura, ma belle Laura, toi, je te rendrai ça, et puis Diane, ah là là... Ils retournent à l'avant et montent dans le bus en file indienne et ils sont tous habillés en cabaret, en french cancan, ça crache de la couleur, des chichis et des froufrous comme dit Jean Gabin l'acteur pas le rappeur, des collants roses et des robes en tulipe et des corsets, de la dentelle, des chapeaux de dame. Ça chante, une bande d'ivrognes avec les bouches qui s'étirent comme de la glaise, avec les mains sur les épaules et ça se balance sur les côtés. C'est l'heure du dessert, la fin du banquet sur l'Étoile des neiges mon cœur amoureux. Johannes sort un couteau de sa poche, j'hésite à lui mordre la main et à lui retourner le couteau dans le bide.

— Si tu préfères rester dans ton cocon, il me dit en riant.

— Vire-moi ça.

Il me plante l'Opinel entre les genoux et descend. Il reprend à l'encoche et remonte. Je remue les guiboles, fais danser la petite graisse sous les cuisses. Puis lui dis laisse, ça va aller, et je fais glisser le sac de couchage.

— Tu te sens mieux?

Je me lève. Je fais quelques étirements. Comme si je venais de passer un mois plié dans une cellule d'un mètre carré.

— Devine qui a eu l'idée? me jette Diane.

— Une idée aussi pourrie, ça peut être que toi.

— Eh ben non.
— Toi ? je fais à Laura.
— Non plus.
— C'est moi ! dit Jules.
— C'est toi ?
— Ouais, fait Charlotte. J'te jure que c'est lui.
— T'as eu peur ? me demande Johannes.
— Bah...
— On t'a manqué, j'espère.
— Bof.
— Ça fait plaisir...
— Si si, vous m'avez manqué.
— T'es pas obligé de dire oui.
— J'ai même pas eu le temps d'y penser.

On descend du bus, et autour du feu, six assiettes en plastique.

— T'as même pas eu peur du grand-guignol ? me sort Diane.

C'est bien du Diane. Elle me dit toujours de ne pas avoir peur du grand-guignol.

— T'as l'air dans le cirage, me dit Jules.

— Un peu... J'suis un peu... Y a de la nougatine dans le gâteau, punaise il est bon.

— C'est moi qui l'ai choisi, me dit Jules.

— T'en reveux ? me demande Johannes.

— Si y en reste...

— Je suis désolée pour les seins, me dit Laura. Ça va ?

— Pas de souci. Mais pourquoi vous avez... Y avait pas besoin de me ligoter. De me cogner. Vous m'avez fait mal.

— On voulait fêter ça, dit Charlotte.

Ça me donne envie de chialer.
— Ça me donne envie de chanter, dit Diane.

Tire les ficelles,
Tire les ficelles.
Ton polichinelle
Fera mille tours.
Te dira «Je t'aime»,
Cachera ses peines,
Cachera sa haine
Sous les mots d'amour.
J'irai dans le monde
Pour que toi, dans l'ombre,
Tu aies le triomphe
Auquel tu as droit.
Ton polichinelle
Fera tant de zèle
Que, dès qu'on nous verra,
On t'applaudira.

Diane, cette voix suave, salope, sexy comme Marilyn, Madonna, Britney. Du vent, Judy Garland et soudain le ciel noir de buses. Et devant la lune ça rend comme un vitrail, noir et jaune, agité, un kaléidoscope. Le vestiaire s'allume, le son des lance-flammes. Les barbares à coup sûr. Ils ont devancé le Naïne Ouane Ouane. Du boucan dans le fond et ça me soûle ces basses sourdes. C'est un procédé facile au cinéma. Chatouiller le volcan, le son qui tue, qui met la pression comme dit Lunatic, mais c'est poignant parce que c'est naïf. Le vestiaire en flammes.

Comme un hangar, et une fusillade pleine nuit, des éclats de verre, une ritournelle ténébreuse sourde pour accompagner le héros dans son agonie, une grosse bastos plein le thorax et je recule, par à-coups, et m'écroule, tombe dans les choux. La caméra perce la croûte, je visite les sous-sols comme une abbaye, les voix d'anges, tais-toi Diane, oh ces petites conneries, c'est l'heure de l'underground comme dit Nique Ta Mère, nique sa race le paradis, et un coucou aux vers de terre.

Les barbares se rapprochent, et on a compris, ils ne viennent pas pour une party de fin de vacances, c'est du sérieux ils viennent pour jouer à pan pan les tagazous. Les sirènes à pleins tubes. Les tagazous, les assassins. Qui prennent la fuite. Charlotte les guiboles yo-yo sur l'entrée en piste de la section de cordes, les cuivres quand Johannes rugit sa mère, son dos de tulipe, à chaque pore une fleur qui pointe, et son épaule qui s'écroule.

Droit sur la forêt, où les buses se planquent dans les sapins. Et mon nez trop gros pour passer. Johannes perd un bras, perd la tête. Laura à quatre pattes, quatre boulets aux extrémités, comme un camion ; quatre roues d'un mètre de haut, un camion ricain la gueule rutilante, de la fumée, oh non ça va siou plaît les fumigènes c'est abusé. Trace frérot, me crie Diane qui sème son liquide visqueux. Des faisceaux lumineux, le boxon de la horde de barbares à nos trousses. Les chiens aboient, c'est abusé les chiens, et les buses qui crient. Le public peinard cet enculé. La foule s'amasse, veut voir, ne pas rater une miette de la boucherie. Les lampes torches, les gyrophares. Charlotte perd le torse, les bras, la tête. Diane aussi.

Je gueule aux buses qu'elles rentrent chez elles. Le ciel criblé, les branches, la nuit, la lune comme une balle de ping-pong. Je gueule aux buses de se casser. Et j'entends les voix des poursuivants, le groupe des poursuivants qui nous rattrape, comme au Tour de France, l'échappée va se faire avaler par le groupe des poursuivants. Qui sont remontés comme jamais. Et mieux organisés. Une meilleure entente dans le groupe des poursuivants.

J'ai peur, je crie oh, remue le nez, je ne suis plus qu'un nez, Snoop Dogg le curieux, le vicieux. Diane envoie la sauce, la morve, une salve de gelée blanchâtre. Jules vomit ses tripes et c'est sexe et ça sent. Charlotte ramène ses jambes, c'est idiot. Laura ses mains, ses pieds. Le monstre prend forme. On commence à piger. C'est excitant. Je bande à fond. Johannes l'enveloppe, la peau, les épaules et le cou. Jules le cul énorme. On se frotte les membres, ça doit coller, on rentre ensemble. Jules écrase Charlotte les jambes, ça couine, c'est osé. C'est maladroit mais on va finir par y arriver. Lionel ramène ton nez, Laura dit oui, oh oui, c'est grossier, plutôt grotesque, et drôle tellement c'est con. Mais beau parce qu'on s'emboîte fluide, on se caresse doux, on se rassemble sexe. Diane m'applique ses yeux, je frémis.

La bête est finie.

Le nuage de brume et toutes ces conneries, toutes les buses, les basses sourdes, tout est parti. Sauf les barbares. Qui pataugent. Dans cette mer d'huile. Il ne pleut pas. Tout s'éclaircit. La forêt se démêle et c'est moins de la chiasse. C'est idiot, c'est le monstre qui se réveille, le grand-guignol que voici.

Une arme débile, pour lutter ou pour se protéger ou pour rien de tout ça, juste parce qu'on en avait envie. Une bête idiote. Des pieds de dingue. Des jambes comme deux tours jumelles. Un cul bombé, un ventre plein de bile, de gargouillis, d'espèces végétales dingues, de fruits, de fleurs, de vie. De trouille mais de couilles. Des épaules solides. Une couverture de soie, ou de latex, la cape du super-guignol. Son nez de bouffon, de menteur. De gosse débile. Et les yeux qui pleurent.

Les barbares qui tirent. C'est bidon c'est le monstre gentil, la grosse masse au grand cœur, que l'on a appris à connaître. Et adopté. En fait il était timide. C'était un bon gars. On pouvait le caresser et ça le chatouillait. Il ne savait pas s'arrêter de rire, et de jouir.

Les barbares tirent, les méchants, oh les méchants, les fiers, les bidons, attaquent et on s'en fout. On leur gerbe notre bile et ils se noient. On n'a pas de bouche alors on leur chie nos fleurs, notre lave, des flots de lave, sur des hommes à la con. On leur troue le bide œuf à la coque. Laura chope la poêle hors champ, le réchaud c'est le vestiaire, y a de la bonne braise. Laura chope les corps et comme des œufs au plat, des hommes eau plate, une omelette hi hi c'est nul.

Ça frétille dans le récipient, c'est amusant finalement, ça se met à bouillir. Johannes rajoute du liquide, une coulée de foutre, rien à... oui, rien à branler, hi hi, c'est nul, on s'en tape. Deux cents litres de foutre qui font des bulles. Les barbares dans la poêle. Dans le trou du cul du monde, hein. Bienvenue.

Les gars s'essaient à quelques brasses, Laura les applaudit, Jules envoie des pétales de tulipe, du rouge, de la picole à gogo. Tout qui fond et je m'étale. Pique du nez dans la poêle. Je m'étends et Laura sourit de mon nez rouge, me passe un coin de la couverture. Je m'essuie, lui rends le coin, je m'assieds, elle m'essuie le gland puis le reprend dans la bouche.

Je laisse aller une main sous son sein. Elle n'en a qu'un. Je soupèse et épouse le léger ballottement. Elle joue de la langue, de sa langue droite, elle en a trois. Mon gland est sensible, je lui dis de changer. Elle choisit la bite numéro seize. J'en ai trente-deux.

DU MÊME AUTEUR

Aux Éditions P.O.L

POLICHINELLE (Folio n° 5020)

Composition et impression CPI Bussière
à Saint-Amand (Cher), le 20 janvier 2010.
Dépôt légal : janvier 2010.
Numéro d'imprimeur : 100248/1.
ISBN 978-2-07-040255-7./Imprimé en France.

171300